KB120546

# 귤림의 꽃들은 누굴 위해 피었나

—탐라시력耽羅詩歷

시작시인선 0489 귤림의 꽃들은 누굴 위해 피었나—탐라시력耽羅詩歷

**1판 1쇄 펴낸날** 2023년 10월 31일
**지은이** 한경용
**펴낸이** 이재무
**기획위원** 김춘식, 유성호, 이형권, 임지연, 홍용희
**책임편집** 박예솔
**편집디자인** 민성돈, 김지웅, 정영아
**펴낸곳** (주)천년의시작
**등록번호** 제301-2012-033호
**등록일자** 2006년 1월 10일
**주소** (03132) 서울시 종로구 삼일대로32길 36 운현신화타워 502호
**전화** 02-723-8668
**팩스** 02-723-8630
**블로그** blog.naver.com/poemsijak
**이메일** poemsijak@hanmail.net



ISBN 978-89-6021-741-6 04810
978-89-6021-069-1 04810(세트)

**값** 11,000원



*이 책은 용인특례시 용인문화재단 Yongin Cultural Foundation 의 2023년도 문화예술공모지원사업을 지원받아 발간 제작되었습니다.

# 귤림의 꽃들은 누굴 위해 피었나

—탐라시력耽羅詩歷

한경용

천년의 시작

## 시인의 말

질곡의 세월 함께하신
제주도의 할머니, 할아버지 분들께 이 시집을 바치옵니다.

『제주 민요고』(성균관대학교 교육대학원 석사논문 1984년)의 저자인
장인 어르신 양계경 선생( 1932~2009)께서
제주도의 혼과 얼을 잊지 않게 해 주셨으니
제가 만고의 민요고를 인용하였음에
존경과 감사함을 전합니다.

## 차 례

## 제2부 탐라 순력도

## 제3부 우리 영혼에 불을 질렀다

## 제4부 그 섬은 지금 여기에 있다



## 해 설

# 제1부 나의 이름을 물에 새기다

# 가시리加時里*

加時里

불복의 명수 입도조는 새 시대를 더한다

加時里

내 마음이 밖에서 안으로 온 것이다

加時里

충신과 역적은 산새들의 왼발과 오른발

加時里

산새들의 중심부가 왕조의 중심부를 대체하다

加時里

동백나무 집터, 집 울 안, 정외왓, 중의왓, 서당 밭, 점당 터, 훈련 터, 사장射場 터

加時里

푸성한 전설이 죽대와 돌담에 걸리다

加時里

고석과 고목은 인忍의 상형문자

加時里

소백이 감당나무 아래에서 쉬고 가다

加時里

한라산의 이마가 마지막 과녁이다

加時里

망한 나라의 신臣은 이름까지 없어져야 한다

加時里

묘지를 높게 하지 마라 비석을 세우지 마라

加時里

각지에 흩어져 살아라 저서를 불태우라

加時里

광풍 속에 삐리꽃이 버들 못에 피었네

嘉時里

가시리 가시리 잇고 위증즐가 대평성대

· 1392년(태조 1년).

* 가시리 마을: 고려 말 예문관 대제학을 지낸 서재공 한천韓蕆(청주 한씨 장자 11세, 1330년경~1403년경)이 설촌하였다. 한천은 여말선초麗末鮮初 불사이군을 이유로 1392년 제주도로 유배 또는 유망流亡 온 첫 인물이다. 그는 부인과 두 아들을 거느리고 인가가 없는 중산간 마을 가시리에 정착하였다(『표선면 향토사』 71~75쪽). 가시리는 4·3 사태 당시 500여 명이 죽은 집단 학살지였지만 지금은 정부에서 공모하는 '마을 만들기' 사업을 통해 많은 업적을 기록하였고, 태양광발전소, 풍력발전소 설치 등으로 발전해 가고 있다.

# 송악의 달은 '따라비오름'까지 따라온다*

유배객의 자, 남은南隱공 말沫은 아우 제濟와 함께
남쪽으로 숨은 물방울(沫)로 흘러 건너와(濟)
개성과 정읍, 해남을 지나 성산포구에서
'달이 따라 오다'라고 남긴다
높은 곳에 오르니 역시 만월이었다
박제된 지명 만월대 송악산 개성 남대문 성균관
'칼과 피와 불과 괴성과 신음이 뒤범벅된 기억을 표백하다'라고 남긴다
오랜 역사는 낮과 밤을 바꾼 것
불사이충이신 아버지를 따라가오
두려운 바다를 혼을 안고 건너가오
회보會寶문 밖 참수, 피투성이 선죽교
두문불출로 일흔두 명의 유신들이 불에 탈 때
피를 본 기억 청정하게
이제 한라산을 바라본다고 남긴다
역사의 자락은 죽음 후
송악산의 달로 중산간 마을까지
가시리 가시리 가시리 잇고 날러는 어이 살라고
쟁기를 잡은 손, 옷자락 조랑말의 눈물 같은 말똥을 주어
구둘묵 때듯 오름 무덤 속에 숨은 꿈을 꾸니

이제 어둠 속 핏방울은 동백처럼 피어난다고 남긴다

그곳에 꽃과 새들이 먼저 있어 그들과 설촌이다

그로 남은 자,

조정에서 개국원종공신이라 회유한들,

이미 뭍의 이름에서 기록이 지워졌다

그보다 살아 있다는 게 풍문이라

개성의 고택의 기왓장과 추녀 아래 걷던 기억을 이젠 지운다고 남긴다

가시리 마을에서 몰래 피는 꿩의 꽃

그것은 부위자강 부자유친으로

한밤에 함께 온 섬이라고 남긴다

· 1393년(태조 2년).

* 제주도 가시리 설촌 1년 후, 전조前朝대신 한천 등이 71인 '개국원종공신'이 되었으나 서재공 한천은 이에 응하지 않은 채 귀경하지 않았다고 본다. 한천은 조선 왕조의 공신호를 수락한 일도 없고 공신에 주는 전결田結이나 노비를 받은 사실의 증거가 없다.(홍순만 저, 『제주에 얼을 심은 고려 유신 한천』, 남제주문화원, 2008).

## 버림받은 꽃들이 숨죽인 섬에서

동병상련의 은자 제주 4현 할아범
장손 권權은 어근語根 뒤에 조사라
운명의 전주곡이 들려올 때
새들이 안부를 묻는다 또한
개미자리, 조뱅이꽃, 둥근털제비로
섬의 혼을 훔치다
오랫동안 전래되어 오던 제주의 성주星主, 왕자王子의 칭호가 폐지되다*
할아범이 개경의 재산 다 버리고
성은이 관대하여 솔나리, 앵초 피는 곳에
자손과 살게 해 주시니 감사한 마음
어이 한이 있겠는가 하고 또한
메마른 갈매기 울음 잔잔한 파도 소리
오늘도 해 녘 바람 그 향기 콩잎에 멸치젓과 조밥
외딴 시간 외딴 공기 정적을 마신다 또한
후덥지근한 낮은 밤이 되어야 기억할 수 있다
모든 골목을 지우니 올레가 보인다 또한
표선 바다에서 유생들이 몰려와 서당왓을 일궈 주고
한라산의 하얀 이마를 바라보니
세상에 잊힌들 왕갯쑥부쟁이꽃으로 피었다 진들 또한

어스름 그림자 알 길이 없고

어둠 속 파도 같은 도성의 존망은 물을 길 없으니

안개 낀 마음, 산 그림자만 보이는구나

* 제주도의 성주가 좌도지관으로, 왕자가 우도지관으로 개칭되었다. 종전의 토관직이 없어지면서 제주 지배층이 없어졌다. 제주목과 남쪽의 정의현과 대정현으로 중앙에서 관리가 파견되었다.

· 1400년경(정조 2년) 교지를 내린 후 7년이 되어도 한천 등이 끝내 출사하지 아니하자 상왕은 크게 화가 났는지, 『정조실록』을 보면 "공신도 아닌 봉군한 이들을 모두 파직시키라"는 조정의 교시에 따라, 고려말 유신 등등과 함께 '판삼서사'로 치사致仕(벼슬에서 물러나다) 되었다. 이와 무관하게 서재공 한천은 유망지 제주에서 이미 홀연 은둔하다가 1403년 74세에 고려 시대 관직인 예문관대제학, 검교시중 호칭만 남긴 채 한 많은 격동의 세월을 마감했다. 『태종실록』에는 조상 대대로 장자의 가계, 거부 한천의 개경 재산이 무주공산이라 누이의 아들 정탁이 가로챈 기록도 나오고 있다.

· 1404년(태종 4년).

# 부용화관의 벽랑국 공주를 맞듯*

나, 증손을 남보南寶라 칭해 주시니
이제 제주 고씨 처녀랑 혼인하였네
바람이랑 햇살, 바다, 별, 돌 앞에서 미나리, 큰애기풀
생애 축복 받으리 후손을 사랑하리
그것은 이제 왕조가 주는 약속이 아니다
늙음과 죽음이 두려워하는 절규도 아니다
내게 불어온 세상에 힘을 주셨으니
무명천 위에 떨어진 한 방울
핏자국이 선홍으로 번져 간 날 나는 없다 고로 있다
산간 마을 가시리, 시간을 덧붙여
조선의 여명에 중산간 올레에 어부의 노랫소리에
오색딱다구리 부름에 나는 없다 고로 있다
햇살이 정적을 깨운다 미풍의 간들거림에
새들이 앉은 뭇자리 문자 속에 내포된 의미
나는 없다 고로 있다
할아범의 충효의 가르침에
귀를 기울여 듣는 소리에 나는 없다 고로 있다
다행이다.
향교의 문은 계속 이어 갔다
기쁘다

할아범의 산지기에서 빗장을 걷는 날
소승에서 대승으로 가는 길
후손이 진검을 꺼내는 날 나는 있다 고로 있다

* 한천은 몰려드는 학동들에 의해 서당을 지어 성리학을 제주도에 퍼지게 한 교조教祖이다. 더불어 고려 삼절신, 김만희(김해 김씨), 이미(경주 이씨), 조선 초 강영(신천 강씨)과 더불어 제주 4현이라 말한다.

· 1420년경(세종 2년).

# 한양의 처남 고득종*에게

나이가 들어 가니 한번쯤 뭍의 처남이 부러워지네 어느 날 아침 보리농사를 하러 가고 있었네 보리장 나무 꽃이 핀 따라비오름을 지나고 있었지 아들들을 대정 몽생이들처럼 데리고 말이야 저 왁들이 있으니 얼마나 다행인가 말이야 나는 밭을 넓혀 가며 곡식을 일궜네 한 생을 여기다 묻어 두었지 언젠가 표선 바다를 걷다가 바위를 안은 어미의 곡소리를 들었네 이 섬의 빈곤과 질병은 항상 조랑말이 울고 지나가야 알 수가 있어 지금 우리에겐 해오름으로 적신 유월의 매미 소리 보리 냄새가 향긋하네 솔 나무 사이사이 박혀 있는 내 청춘 푸르던 미소 하늘 골똘히 보며 걷노라면 문득, 모든 삶이 불행 하나로 전염될까 두려워한 적 있네 뭍에서 오는 소식에 처남 득종이가 중시 문과 을과에 급제하여 호조 참의 재임 중 종마種馬 진공사가 되어 명나라에 다녀왔고 통신사로 일본 왕의 서계書契를 가지고 돌아온 후 한성부 판윤을 지낸다 하니 아이들 중 몇은 저 외숙을 본받아 향교에 열심히 다닌다네 또 한 아이는 벼슬이 귀양의 씨앗임을 말하며 평생 농사나 짓겠다 하지 그래도 마음은 미칠 듯이 뭍으로 향한 적 있는 듯하네 수륙만리 하늘이 불탈 무렵 먼 하늘을 보는 게 낙락청정일 수가 있지 아이들은 자기가 가진 성품대로 가지가지 갈라져 갈 것일세 내일은 김녕포에 가서 성벽을 쌓을 거네 지난해에도 왜적이 쳐들어온 적이 있었지 겨울이면 성벽 안에 들어가면 따스하지만, 돌담 사이 송송 불어오는 바람 막을 수가 없었네 흉조凶兆인 별 하나 바다에 떠올라 파르르 떨다가 사라지니 순진함은 두려움을 만드네 자네도 재경 관인으로 선량을 베풀다 힘들면 저 달 항아리에 부은 밀주 한 그릇 함께 들도록 하세

* 고득종: 1414년 알성시 문과에 을과로 급제하여 대호군, 예빈시 판관을 지내다. 제주도 목장 운영에 대한 우호 정책으로 세종대왕의 신임을 얻었다. 한성부 판윤(지금의 서울 시장)을 지냈다. 고득종이 제주민을 위한 여러 시책으로 1) 제주의 토지 등급을 내려 주도록 하여 제주인의 조세 부담을 덜어 주었으며 2) 한라산 기슭에 목장을 축조하여 제주도 목장이 10소장으로 나뉘게 되는 시초를 열었다. 3) 참역 폐단의 시정, 4) 한양에서 종사하는 제주인의 자제를 위해 직료를 설치하여 경제적 지원을 하였다. 제주목 관아의 홍화각 친필이 삼성혈 내 전시관에 있다.

· 1445년경(세종 27년).

## 토지신과 사랑에 빠졌네

낮달을 보다가 홀로 묻네
계로繼老는 남평 문씨* 각시랑
흉년을 이겨 가며 밭과 사랑에 빠져 있네
물과 산을 헤매어 다니다가
아기처럼 떨고 있는 산토끼를 안아 주네
벌꿀을 치는 밤 마음은 미칠 듯이 꽃 속을 표류하는데
창백한 구름 아래 선조의 무거운 훈을 되새기다가도
동산 위에 올라 옥빛 바다와 포물선 해안을 바라보네
바다 따라 섬 둘러 고장성古長城 삼백 리
칼바람이 왜구를 막아 주니 중산간 목장 지나 밭 일구러 가세

"어여도 홍아 홍애야 더럼아
때려 보자 때려 보자
어느 것이 동산이냐
요 동산을 때려 보자
ᄒᆞᆫ 두 번을 때렴 시난
도깨 끗이 불이 남져"**

굉장히 땀방울과 더위에 지쳐 조랑말처럼 바삐 걷다가

갑자기 아주 빠르게 산허리를 돌 때 휘파람 불며
우리 사랑 익어 간 수확을 받으려 하네
안에서 들려주는 흙의 소리에 별과 함께 웃으리
벗들이랑 일가랑 괜히 싸우고 불목하여 우울해도
여름밤이 환해장성 미역 냄새
바다와 한라가 만나는 공기 향긋하니
때로는 이리 싱그럽고 달콤하여 눈을 감고 마네

“어러 어러 어러, 요 ᄆᆞ쉬들아 저 ᄆᆞ쉬들아
돌돌이 돌아 ᄉᆞ멍 고비 고비 청청 돌아오라
신난디만 어서 ᄒᆞᆫ정 불르라
아명 ᄒᆞ여도 느가 ᄒᆞ고 말 일이여
높은 디만 불람 시민, ᄒᆞᆫ두 시간에 판이 날걸
이어렁 하아량”***
그러다 잠시 앉은 오후
토지신은 놀랍게도 익어 간 황금 가을 편지를 쓰겠네

* 현손 계로의 묘비에는 "世守遺訓 甘鈍不仕(세상을 피해 살고 벼슬길에 나서지 말라)"는 한천 할아버지의 계명이 있다. 1955년 무덤의 비석이 발견되었다(제주도에 유배, 유망 온 많은 선비들이 비석을 세우지 않아 실묘하는 분들이 많다). 광산 김씨 할머니의 묘소도 발견되었는데, 서재공의 현손인 계로와 증곤 두 묘소의 양식과 꼭 같은 석곽방형이었다(2003년 8월 제주도 기념물 제 60-2호).
고려 시대 제주도의 최고 권력자인 성주星主를 세습하던 고씨와 연합해 성주의 권력을 넘보며 왕자王子를 세습하던 양씨를 밀어 내고 남평(나주) 문씨가 약 400년 간 왕자를 세습하기도 했다. 『고려사절요』 제14권~17권에 따르면 제주 고씨는 탐라의 서쪽을 남평 문씨는 탐라의 동쪽으로 권력을 분점했다.

** 타작 놀이.

*** "어러 어러 어러 요 말 떼들아 저 말 떼들아/ 돌돌이 돌아서면서 돌아가는 고비 모퉁이에서 멀리 돌아와/ 밭을 갈아서 흙덩이가 있는 데만 어서 빨리/ 아무리 해도 제가 하고야 말 일이지 않는가/ 높은 흙덩이 있는 데만 밟고 있노라면/ 한두 시간에 판가름이 날걸/ 어어령 하아량". (ᄆᆞ쉬: 말 떼, ᄒᆞᆫ정 볼르라: 빨리 밟아라, 아명 하여도: 아무리 해도).

· 1448년경(세종 30년경).

# 머얼리 소 등 같은 우도에 안기듯

계로繼老는 소함昭咸 장군으로 행하다가
사념들이 달빛에 시방 사방 젖어지기를 바랐는데
땅거미 짙은 밤 놀랄 소식을 들네
죽은 줄 알았던 정의 현감과 정의 훈도 일행이
해상에서 밤낮 열흘 떠다니다
중국 중원 지방에 이르러 북경에 도착하니 천추사가
여섯 달 만에 한양으로 데려왔다지 않나*
영원한 도전이라 불리는 각성 지킴인 것을
빈촌의 물결 위에서 갯가의 봉홧불이
암흑의 마을 머얼리 빛을 주었겠지
운무와 노도 사방에 꽉 차고 빗줄기가 장대로 울더니
표류자인 정인情人을 기다리다
폭낭 아래 목매단 여인을 보았다네
그들도 구원하라, 나뭇가지에서 흘러내리는 빗물을 마셔라
돌아온 장부는 밤새 울다가 아침 무렵 떠났다 하네
사람들은 두 남녀를 합장시켰다지
위안하며 밀감같이 부드럽게
항쇄項鎖와 수박手搏**을 풀어 문답하라
계수나무 두 그루로 있으렴
심신을 젖히고 돛과 닻을 흩트리면서

떠밀려 가는 것을 아무도 잡아 주지 않아도
그 모든 재난을 이겨 나가야 해
이 섬에 오늘을 몽땅 맡겼다
한라의 분노에 무릎 꿇고 위안을 소망할 것이다.
머얼리 소 등 같은 우도에 안기듯
숙부인淑婦人이랑 가시리 임좌에
방묘*** 쌍관묘****이면 좋으련다.

* 1483년(성종 14년) 정의 현감 이섬 등 47명이 표류되어 명나라 양저우와 베이징을 거쳐 33명이 살아 귀국한 사건. 북경에 도착하여 천추사(조선에서 중국 황태자의 생일을 축하하기 위해서 보내는 사신)로 박건이 6개월 만에 데리고 옴.

** 항쇄項鎖, 수박手搏: 목에 씌우는 형틀, 손에 채운 수갑.

*** 방묘: 고려 말에서 조선 초기의 방형석곽묘의 형식.

**** 쌍관묘: 소함장군의여위 부사직한계로지묘昭威將軍義興衛前 副司直韓繼老之墓. 다른 비석에는 昭威將軍韓公繼老之墓 配淑人南平文氏祔右라고 새겨져 있고, 현대에 만든 새 비석에는 昭威將軍韓公繼老 配淑人南平文氏祔右之墓라고 새겨져 있다. 성인의 키와 거의 비슷하게 큰 오래된 문인석 2기는 산담 밖에 있으며 산담 안에는 현대에 새로 만들어 세운 문인석과 동자석이 있다.
출처: 제주환경일보(http://www.newsje.com). 제주특별 자치도 기념물 지정 60-2호.

## 아비가 되면 누구도 흐뭇해지네

학 봉 홍 붕 목

경후敬厚 옹은 아들 다섯을 두니 언제나 울타리이네
어느 날 저녁, 밀주와 고사리 안주 걸치고
매미가 우는 폭낭 아래들 모여 있었네
정의현성에서 왜구 방어 마치고 온 큰아들이
갓 낚은 은빛 갈치를 자랑하며 소식을 주네
파군봉이 멀지 않아 군졸 소리 가득한 바람
이 섬은 예로부터 항파두리성에 살 맞은 돌들로 웅성거렸네
장수물이 용솟음치니 별방진성에서
또 왜구와 전투가 벌어진 것 같네
투쟁과 증오, 인간의 마을 요란하다
수산진성 동성 한 부분에 진안 할망당을 만들었다 하네
고살뫼오름 위 어두운 하늘에 조각달이 보이는데
살포시 부드럽게 떨리듯 사라지는
작고 아주 하얀 처녀를 재물로
성벽에 묻은 소문으로 밤하늘이 찔리네
실성한 공동체에서 나는 능동자임을 포기하네
술에 취해 잠든 밤
노동은 동동주라 얼굴이 달아오르네
혼까지 제주 토박이로 굳혀

영신교위부사로 행하였으니
아들 다섯에 아흔일곱 수를 누렸으니
나, 경후 옹은 더는 뭍사람이 아니라
졸하여 여기 산이 되리라 믿는다네

· 1524년경(중종 19년).

## 나의 이름을 물에 새기다

흉흉한 기근에 초근목피의 나날
장자 학鶴은 봄날 물결의 찰랑거림 속으로
입도조 할아버지께서 설촌한 가시리를 떠났다
산길을 걷다가 각자의 별이 되어 버린 형제처럼
제주 각지에서 생계를 위한 별똥별이 되었다
진안 성벽에서 왜적 방어를 하는 아우처럼
수군절도사의 길을 가지도
과거에 등용되어 관덕정에서 판관의 길을 가지도
가시리에 남아 서당왓을 일구러 가지도 못한
산정의 하얀 이마를 보다가 눈 내리는 바다로 갔다
삼월삼짇날 김녕金寧에서
더 심신의 고픔을 겪지 않아도 되리란 듯이
폭풍우가 해상의 각성을 축복했다
봄날의 새보다 더 가볍게 춤추었다
김녕정사에서 훈장을 하며
사념들이 달빛에 시방 사방 젖어지기를 바랐는데
원하든 않든 구름이 흐른 곳으로 흘러와
내 이름을 물에 새기고 있다

# 삼신이 슬퍼 버린 섬

제주에서는 나병에 걸려 죽게 되면
환자가 산골짜기를 떠돌다가
사망하면 시체를 그대로 버려두는 풍속이 있어
장사를 지내도록 마을에 가르쳤다
해골이 맨땅에 나뒹구는 땅
파랗게 질린 바다가 기근을 구하노라고 외치지만
제주도는 섬 가운데에도 열이 있으므로
나병癩病에 많이 걸렸던가
부모나 처자식이라도 나병에 걸리면 서로 전염될까 두려워
사람 없는 곳으로 옮겨서 죽도록 내버려 두었지
관내를 돌아보다가 바닷가의 바위 밑에서
신음을 듣고 살펴보니 환자가 있었다
방치하는 연유를 알고 나서는
마을 사람들과 질병 치료소를 설치하고
나환자들을 모아 고삼원苦蔘元을 먹이고
바닷물로 목욕을 시켜서 거의 다 낫게 하리
파도의 혼령이 되어 삼신이 슬퍼 버린 땅
불어온 세상에 힘을 주셨으니
방탕, 광기 대신 '학이시습지'로 생을 읽어야 하느니라

>

“가난ᄒᆞ곡 죄로운 집이
빙이 드난 더 죄롭다
가난ᄒᆞ도 말곡 죄롭지도 마랑
금당 못에 물만이 살라”*

* “가난하고 가엾은 집에/ 병이 드니까 더 가엾다/ 가난하지도 말고 가엾은 사람이 되지도 말아/ 금당지의 물처럼 살 수 있으면 한다”.

## 쓰름매미 몰려들듯

—제주 을묘왜변*

오월이라 자리회

보리떡과 미역, 곤궁을 잠재운다

매미 노래도 함께 고복격앙鼓腹激昂이다

이럴수록 꿈자리는 가위눌림이다

고요 속에 왜구가 제주 천미포에서

난동을 부렸다고 별어병이 알려 왔다

서양인도 포함한 이백여 명

마치 아스라이 쓰름매미 몰려들듯

이틀 동안 계속되어

남정과 여정네들이 한 아침에 모인다

상천, 신천, 하천리 백성들의 함께한 돌과 죽창

학鶴이네 오 형제와 자손들

파도의 음률처럼 간다

왜변 중에 죽은 사람들

삭망 소상 대상 다 치른 후 고부만사성姑婦萬事成아침

이제는 또 화북포에서 선박 육십여 척 천여 명

대대적으로 왜구 물귀신들이 몰려들었다

우리의 늙은 배와 젊은 배

마법에 걸린 바지, 치마馳馬돌격대

검은 돌멩이 바위들은 우리 편

화약 연기 속으로 조총포 소리에 장작불을 던지다
건승 장군이 말하기를 우리 섬이
동남아-중국-제주도-북규슈를 잇는 요충지라나
헛꿈을 꾸던 놈들이 화포를 쏘다 거꾸로 맞는다
산지천에서 진흙을 밟으며 별을 봤고 달을 본다
가끔씩
제주도를 해상 근거지로 삼으려던 짓거리
선령은 구름 되어 장대비 쏟는다

* 을묘왜변: 천미포 왜란 1552년(명종 7년) 이후, 1-2차에 걸쳐 영암, 강진, 진도 일대에 왜구가 침입해 약탈과 노략질을 벌인 사건. 중앙정부는 남해안 및 제주 지역의 방위 체재, 비변사의 권한을 한층 강화하였다.
· 당시 일본 막부는 선진 기술의 습득을 위해 포르투갈 선박의 표류 선원들을 회유하여 그들의 나라로 돌려보내지 않고 그들에게 조총 기술을 배웠다.
· 조선 시대 제주도에는 여자도 군역의 임무가 있었다. 이를 여정女丁이라고 한다. 10세 미만부터 군적에 올라 있고 7~80세에도 양반을 제외하곤 군역을 벗어나지 못했다.

# 육지가 난리 나면 섬은 죽음을 준비한다

섬은 날이 갈수록 가벼워지고 뭍은 무거워질 것이다 임진란亂에 바람을 타고 온 소문은 언제나 '누가 죽었다'이다 마을마다 소와 돼지를 공출하여 한려의 노량포로 보냈다 제주의 조천포와 명월포도 왜군의 침략에 대비하여 성을 높이 쌓는다 삼별초의 투쟁이 지나간 지 삼백 년이 지나도 추자도의 밤은 얼어붙었고 서북풍을 물고 오는 조랑말은 슬프도록 달린다 항쟁의 터 제주에는 별초가 없고 우리에게 버틸 목은 우리 마음에 쌓은 성이다 망월포의 애월은 물에 젖어 있고 십일월의 송담천에 갈대마저 흐느낀다 역병은 난중亂中의 해양 방어 전략, 흙붉은오름에 나 먼저 이른 나이로 가노니 민중의 마침표는 별이다 영혼은 언제나 과실이 없음으로 고통을 갖지 않는다 장례는 준엄한 의식 시종일관 말의 성찬을 이룬다 마을 사람들아 햇살을 포기하라 그늘을 찾으라 그늘은 선하다 모두가 그늘의 과실을 축복하리 여유는 덕을 쌓고 사랑을 낳는다지만 섬의 꽃은 피리다 나는 진정 보기 흉하나 노후를 꿈꾸는 족속, 떠도는 해안 일주 환해장성, 기다림의 유두화가 피어난다

· 임진왜란: 조선 선조 25년~31년(1592년~1598년).

# 뭍에서 온 모반자 소덕유, 길운절*

전란이 일어나기 몇 해 전
가선대부嘉善大夫 세련世連이 오뉴월 바람에 취해 있을 때
뭍에서는 정씨가 왕이 된다는 정감록이 퍼지다
소덕유는 역모자 정여립 첩의 사촌이라
멸족지화가 되다
동시에
천하를 향해 포효할 기세를 가진 자가
수탈을 당하는 섬에 와서
문충기와 홍경원 등 토호 세력들과 힘을 합해
새로운 세상을 열려 하니
잠시 마파람에 풀들이 파르르
이젠 우린 그들과 함께 동행해야 한다
그러나 거사 이틀 전 실전 단계에 가지도 못하고
측근의 배신으로 주모자들이 모두 능지처사가 되다
남은 시간 풍부한 머리카락이 뽑혀 갈지라도
푸르름도 안개 낀 바다에서 물 쪽으로 꼬꾸라질 때
폭행, 독약, 비수, 방화 따위가 아직, 세상이 흉흉하다
심방의 칼춤과 부적, 비손
까마귀들이 유난히 울던 날
안무어사安撫御事가 파견되다

그런 지역은 반역향이 되어 차별받는데
나랏님이 가라사대
"제주는 말도 키우고 해산물도 풍부하니
진상을 받으려면 그대로 놔두어라
어사여, 보드라운 물살로 섬을 달래 봐라"
여린 존재로의 아픔에 섬은 잠들지 못하고
날카로운 바다가 부른 유혼의 소리
우리는 정말 취해 있어야 한다

* 소덕유 길운절 모반사건(1601년)으로 민심을 잃은 제주 목사를 죽이고 한양을 침범할 계획을 세우다. 『남사록』(1601년 8월~1602년 2월)은 6개월간 제주도의 사회, 경제, 풍속, 자연 환경 등을 자세히 적은 기록이다. 저자 안무어사 김상헌은 병자호란 때 남한산성으로 파찬을 한 인조에게 청에게 굽혀서는 안 된다고 직언한 척화의 상징적인 인물이다. 충암 김정, 송인수 목사, 동계 정온, 우암 송시열과 함께 1682년 귤림서원에 모셔진 제주 5현 중 한 사람이다.

## 이 세계의 갇힘을 떨쳐 버리고 싶네

길할 길 복조 길조吉祚
내 이름처럼 되지 않는 세상
흉년과 기근에 관리들의 수탈이 날이 갈수록 심하네
검은 보리만 남겨 놓고 검은 섬을 떠나는 사람이 많네

"삼대 종ᄉ 하던 종은
새 대엔 나서 삼 년을 사난
먹던 밥을 선반에 놓고
입던 옷을 대회에 거난
보리방애 물 쉬언 노난
여히 알로 산 도망흔다
유월방애 제우더라
나일 도욀 ᄒ나이도 엇다"*

장판 삼촌은 번찍한** 날, 고기 잡으러 가서 경상도나 전라도
해안으로 간다고 말하곤 돌아오지 않네, 안 삼촌도 같이 갔네
대마도나 중국의 해랑도까지, 도망가서 곱아 부는*** 사람들
이 점점 늘어나네
한 해 몇천 명이 그러니, 섬의 인구가 줄어 조정에서는
마침내 출륙금지령****이 떨어졌네, 주민들이 뭍에 가서

이처럼 딱한 사정을 전하고자 하지만 수령들은 임금에게 알려질까 봐

진상하러 가는 자 말고는 아무도 섬을 떠나지 못하게 하였네

선조의 일곱 번째 아들 인성군의 윤씨 부인과 3남 2녀 모두 제주도로 유배당했는데

육지 사람들은 제주에 오는 것을 마치 죽을 곳에 들어가는 것처럼 생각하고

이 섬 사람들은 죽을 고생을 해도 육지에 나가기를 마치 천당에 가는 것처럼 여기네

선대의 할망아, 길조는 안식과 자유를 원하오

어떻게 추구할까

이 세계의 갇힘과 열림 사이

* "삼대 종사하던 머슴은/ 새 대에는 삼 년을 사니까/ 먹던 밥을 선반에 놓고/ 입던 옷을 횃대에 걸어/ 보리 방어를 찧으려고 물에 담그니/ 처마 밑으로 도망쳐 버린다/ 유월 방아 힘겨우더라/ 내 일 도울 사람 한 사람도 없구나". (대회: 횃대, 여히 알로: 처마 밑으로).

** 번찍한: 멀쩡한.

*** 곱아 부는: 숨어 버리는.

**** 1629년(인조 7년)~1823년(순조 23년) 출륙금지령이 내려지다.

# 제2부 탐라 순력도

## 귀양선이 어등개 포구에 도착하는 날

성은이 망극하여 문무文武는
한때 당신의 신臣이었던 이들과 함께 마중 나갔다
여기가 어디인가 눈을 가리고 온 폐왕이 물었다
제주 목사를 따라온 관원들로 행원 마을이 시끌벅적하다
악은 멀리멀리 바다에 던져 놔야 한다
이제 섬은 동병상련의 바닷새들이 꾸억꾸억 울어 줄 것이다
두려움은 발효되어 선이 되는가
응고된 선혈은 어린애 마음처럼 없어질 수 있을까
젖빛 막걸리 속에서 잠드는 것은 불가능하다
당신의 이름같이 넓은 바다
이 섬의 검은 돌 앞에 참회하리오
위안천리에도 폭풍은 방문하리오
아직도 끝나지 않는 육지가
승자의 몫이라면 섬은 패자의 몫
베갯머리에서 굴복의 시간 권력의 무기 앞에
무기력하고 무지개는 없을지라도
전란을 이겨 내도 당파의 난에 유폐되어
항로의 뱃전에 용렬한 노를 젓지 않았음은
아하! 왕의 넋이 그만큼 담대치 못하기 때문
이 세계 악덕의 구릉에서 짖어 대던

승냥이, 살쾡이, 여우, 들쥐, 암캐, 독수리, 뱀 따위
이 섬의 토속신앙과 정신으로
미래에 만날 당신을 다시 보게 될 때까지
금낭화는 송이송이 잠들지 않는다

· 1636년경(인조 13년).

# 월광 속에 굴러다니다

선조여, 신도 같이 받는 벌이다 이젠
임란 중에 당신의 어리석음 과오
어둠 속에서 소자가 달빛 사이 굴러다닌다 회환
나는 보았다 참혹하고 추악한 죽음들 목도
풀초롱꽃으로 산산히 망가진 영혼
피난처에서 세자 책봉을 받던 기억
분조分朝의 책무에 나라 돌며 민심 수습
군아 모집, 왜군 대항 적극적인 처사, 권좌에 오염
명, 청 사이 등거리, 국망을 위한 내 비장의 묘수
아, 나는 굴러다닌다 지금
가슴을 사지를……, 피 고랑에서 지내온 세월
나의 비와 자와 자부, 내시 하선, 상궁 개시
모두 사死한 시점에서 나아간 게 무엇
뭍은 섬을 차단하고 섬은 나를 차단
움직이는 바다 섬은 정지
우리의 폐 속에 무리의 떼거리가 와글
묵은 귤 향이 한사코 나를 쥐어짜는구나
이 정신을 탕자하고 가슴을 개복하니 죽음이 콸콸
패자의 이름으로 모든 것을 함께 울어 주는 새들
박해의 보상을 받는 박해

당신 앞에 쓰러져 간 망자
월광에 비추는 기억으로 포효
으르렁대고 기어간 옥좌
추락 후에 더욱 돌팔매로 추악한 세상
그들이 담뱃대를 물고 내게 배표를 명한 유배
그대들 알라 나의 백성이여, 이 위선자들의 난국
내 떠나노니 죄악은 끈질기고 무르익는 후회
흙탕기로 되돌아가는 영혼
아! 날 넋 들여 다오 가련한 운명.

"칠월이라 초하룻날은, 임금 대왕 관하신 날이여, 가물당도 비 오람서라, 어이~ 어이~"*

* '광해 왕이 붕어하신 날, 가물었다가도 비가 오더라'. 아낙들이 여름 소낙비가 내리면 고맙기도 하고 죽은 광해가 측은하기도 하여 부른 광해우光海雨 전설 민요.
· 광해군 제주도 유배 기간: 1637년~1641년 음력 7월 1일, 인조 18년.

## 헨드릭 하멜, 당신을 보았다

당신의 선단, 선인장처럼 초록이다
대정현 차귀진 아래 대야수 해변이 눈부시다
이방인의 표류는 내 안의 바다를 넓혔다
수평선은 언제나 그리움을 동반한다
새로움을 찾는 자에게만 섬은 열린다
나와 당신, 문무文武 동의어일 뿐
어서 와라, 우연의 역사여, 당신의 표류기에 쓰일 기근의 섬
항해는 누군가와 겨루는 것이 아니고
이역 하늘 아래 자신을 향해 저어 가는 것
관원들과 함께 당신들을 구조한다
세상은 물 한 모금이면 선하다
당신들이 온 제주 해역
어린 시절 '해가 뜨는 쪽은 아름답다'라는 환상의 약속이다
헨드릭 하멜, 내게 넓힘을 주셨으니 경외하노라
분노, 방탕, 광기, 나도 그 모든 재난을 안고 떠나고 싶다
이 섬을 안고 정신을 더듬으며 순수의 폭을 넓혀 가 보자
이제 귤림이 주는 밭의 위안에 머물지 않을 것이다
물 아래 신과 조우했기 때문에
지상의 물신을 믿지 않는다

선대의 유배는 내 이성의 유배이다
그어진 경계를 극복하고 도전할 길을 알려 다오
바다의 장벽을 넘어서고 파도를 뛰어넘는 강자의 논리를
부여해 다오
이루는 순간 또 다른 도전과 응전에 설레고 가다가 힘들면
정박하고 탈출하고 무념무상으로
시공간을 초월하여 물아일체로서
표류선의 나침반은 달을 추종한다

· 1653년(효종 2년).

# 우리는 곤밥에 고기를 맘껏 먹을 수 있을까

나, 중운仲雲은 탐라지 한번 행차하며
구름이 머무는 것을 보았소이다
그곳에서
주리고 아픈 자들은 제가끔 구들방을 바꾸어
다른 곳에 있고 싶은 욕망을 가지고 있소이다
어떤 촌로는 상방에 누워 고통스러워 하는가 하면
어떤 아이는 고팡 앞자리에서라면
병이 나을 것이라고 믿습디다
섬은 고구마처럼 둥근데
본토本土가 위이고 섬이 아래라
이 섬 사람들은 현재 있는 곳이 아닌 다른 곳이라면
어디든 좋을 것처럼 생각하는 것이외다
이 같은 자리를 바꾸는 문제가
바로 영혼과 끊임없이 논쟁하는 문제 중의 하나외다
벌써 삼백 년이나 그 끝이 겨우 보일까 말까
삼백 년 후 무한한 바다로부터 무엇이 솟아오를까
중운仲雲은 한가운데 구름, 내 이름대로
동쪽 땅끝 마을 지미봉에 올랐소이다 우울하게
서녘 바닷속에 잠겼다가 나오는 지어미를 보았소이다
그간 여기로 삶터를 꾸린 해거름은 하늘에서야

지상의 불립문자를 풀이하려 하오이다
바당의 잠녀들은 숨비소리로 불평을 해 댄다오
우리를 실어 가는 귀신 같은 물 따라
저승 세계로 매일 잠수하는 팔자라
어떤 년은 팔자 좋아 고대광실에 누워 있는데
밭일에 제상 차림에 집안일에 '복싹 속아불멍'*
윙윙거리는 바람에 시달리며
곤떡, 모밀떡에 고기에다 상에떡, 지름떡, 빙떡, 백실이떡, 조떡, 제기떡까지
꿈꾸는 여행에서나
어찌 소화를 다 시킬 수 있을지요

"ᄀᆞ랑 좁ᄊᆞᆯ양ᄉᆞᆨ을 지영
지주섬을 다 돌멍 보라
날만 전싱이니 이셔냐
날만 못ᄒᆞᆫ 정녀도 산다
날만 못ᄒᆞᆫ 시녀도 산다"**

· 1670년경(현종 11년).

* 복싹 속아불멍: 엄청 수고하고 고생하면서.

** 가랑좁쌀 양식을 지영/ 제주섬을 다 돌멍 보라/ 날만 전싱이니 이 셔냐/ 날만 못헌 정녀도 산다/ 날만 못한 시녀도 산다".

# 뭍으로 가는 아침 하늘

성안이 가깝고 뭍으로 가는 조천
이를테면 일온一溫은
'그만허낭' 궁휼에서 벗어났다고 생각할 때
포구에는 신개지가 있다
'예송논쟁'에서 나는 새도 떨어트렸다는
우암 송시열 스승이 풀밭에 있는 손을 잡는다
이理와 기氣의 거룩한 저녁이다
유생들이 사랑방에서 삼강오상을 밝히니
조천 바다는 귀여운 아이들을 불러오는 거울
연북정의 돌계단을 오르다
송자宋子의 지는 해로 그려 보는 뭍이여 임이여
바위섬을 잊지 마오 또한 섬인 나여 뭍을 잊지 마라
우암 대감은 원주민과 유배인이 만나는 길에 몸을 편다
증주벽립罾朱壁立*
참을 인忍은 수양의 덕목 가운데 부드러운 모살이어라
간이 무대에서 겪은 성리학 논쟁의 물방울
금고일반今古一半** 흘린다
변방의 어리석은 자들을 위해
정직에 의한 기상의 도야는 불굴의 의지를 함양하지만
지나친 독선과 흑백논리에 빠져

달을 향해 차곡차곡 일온一溫

노랑을 중심으로 하양이 올라가는

조천 해안가

해국海菊의 슬기는 가르쳐 주지 않았다

* 증주벽립: 공자 제자인 증자와 송나라 성리학 원조인 주자처럼 벼랑 끝에서도 신념을 지킨다는 말이다.

** 금고일반: 지금이나 옛날이나 같음을 말한다. 종로구 명륜동 송자동 암벽에는 우암이 직접 쓴 글씨가 남아 있다. 제57호 서울시 유형문화재.

· 1688년(숙종 14년).

## 양식을 위하여 노을을 잡네

피어린 섬에 조랑말은 달린다
봄이면 가응嘉應에게 노랗게 덮는 꽃들의 헌신도
숨찬 바당의 시퍼렁한 고기도
모두 진상하고 나니 섬은 빈궁의 시대이네
제주 목사 이희태의 첩이 전 부인의 아들과 한양에서 몰래 왔다 하네
관기인 곤생이 세 딸들과 그 사실을 발설하였다 하여
계정, 차정, 삼정 세 딸을 고문하여 죽였다는데
제주 사람들의 몽니, 몰라본 것이지
누가 악이고 누가 선인고 밝혀 보기 위해
곤생은 바다 건너 한양으로 도망갔다 하네
신문고를 치며 임금에게 자신의 억울함을 호소하였다 하지 않나
임금은 형조로 하여금 조사하게 하여 목사를 정배하였다 하지
누구나 매의 비상을 갖고 있더군
그러고도 가정이 있어 떠나지 못함은
행복에 이르는 길이라 생각하였는데
많은 이들이 기회만 되면
어부로 가장하여 기근의 섬을 떠난다네
그러나 나는 할 수 없다네

너무 무절제하고 지나치게 나약하네
삶은 미래에 의해 꽃 피어난다고 하지만
지금까지 안으로만 점철되어 왔다네
들녘의 빛이 함께 느껴지지 않는다네
역마살이라 마음만은 세상 밖으로 날아가는데
구원은 세상 안으로 들어오는 것임을
힘차게 떠오르는 일출봉을 보면
신이 고요를 주신다네
은자의 조상처럼 여기서도 숨는 자
나의 순진한 생각으로

"어떤 생*이 해낮에 울곡
어떤 생이 밤에 울곡
요 생이 저 생이
날 닮은 생이
밤낮 몰라 우럼서라."
가응嘉應 손자에게 들리는 할머니의 음성
그만해라, 여기서 행진하라

* 참새.
· 1704년(숙종 32년).

## 탐라순력도耽羅巡歷圖 1

제주목－화북소－조천관－별방성－수산소－정의현－서귀진－대정현－모슬포－차귀소－명월진－애월진

한라장촉漢拏壯矚의 중심은 한라가 아니고 한양
관덕정 앞에서 북향하는 건포배은乾布拜恩을 한다
제주 목사가 신당과 사찰을 불태워도
도민의 정신까지 불태울 순 없지
12개의 진성鎭城이 진상進上으로 오를 때
이 성벽의 사람들은 산짐승과 날짐승을 얼마나 증오하는지
온종일 총을 쏘아 교래대렵橋來大獵에서 잡아들인다고 하네
과실이 열리면 개수까지 파악하는 관원들
감, 유, 금귤, 왜귤, 병귤, 소금귤, 석금귤, 선귤
소감자, 당귤, 소귤, 청귤, 동정귤, 대귤, 하귤, 소유자
귤림풍악橘林風樂은 있어도 감귤봉진柑橘封進 하느라
귤을 먹어 본 제주 사람은 드물다 하네
탐라의 항아리는 무부武夫들의 이권 챙기기 소굴
목민에 뜻이 없고 목마에만 태양은 비스듬히
공마봉진貢馬封珍하는 관덕정 마당
관리들은 준마들에 모두가 탄사를 지른다네
산장구마山場駒馬에서

가두고 통과시키고 최종 선발된 말들
우도점마牛島點馬 몰테우리*들은 헛 마구간과 헛 곳간을 지키는데
왜구 방어의 수군들은 화북성조禾北城操 위에서 지친 몸을 이끌고
아이부터 노인까지 남정네와 여정네로 부여된 군역
별방조점別防操點 마친 후
성산관일城山觀日에 오르니 두개골이 함몰되어 간다
조천조점朝天操點에서 보니 망망대해 긴 세월
흉년이면 김녕관굴金寧觀掘에 제물로 바쳐진 비바리 전설
자신을 구해 준 제주조점濟州操點의 젊은 판관, 서린을 사랑했노라
혼령은 만장굴 되어 만장의 말을 한다네

* 몰테우리: 목동(제주어, 테우리는 몽고어 영향).
· 숙종 29년경(1701년~1703년 완성).

## 탐라순력도耽羅巡歷圖 2

정방탐승正方探勝 아래로 떠내려가는 자는 누구인가
정의강사旌義剛司 군사 훈련
서귀조점西歸操點에서 천연사후天淵射侯를 본다
우 폭포와 좌 폭포에 있는 자는 서로에게 살을 쏜다
궁술사의 묘기요 서귀의 수군이요
현폭사후懸瀑射侯 과녁 속에
고원방고羔園訪古가 고원방고古園房庫가 되다
그것이 이 동굴 밖이기만 하다면
산방배작山房盃酌에 앉아 폭포주로 대작할까
대정조점大靜操點 너머
백록의 고유한 색채가 있는 곳을 찾아
대정배전大靜排箋에
불의 반사 같은 빛 다발을 보내는 동안
대정양로大靜養老에 지는 달 별방의 뜨는 해
우리는 긴 오뉴월 더위에 목이 마를 것이다
관덕정 앞에서 유생들이 치른 과거 시험 승보시사陞補試士
제주사회濟州射會대에서 내일을 향해 활을 쏘니
제주전최濟州殿最에서 오늘을 파직당하다
이제 정신은 용두암처럼
조석으로 병담범주兵談泛舟 함께하니

제주양로濟州養老여

우리네 생은 비양방목飛揚放牧처럼 언제 자유로울 수 있나

보길도에서 한라산을 바라보니 호연금서浩然琴書라

탐라순력의 진정한 서문序文

언제 쓸 수 있는지 말해 주오

# 이 땅의 토속 신앙을 원한다

지성枝盛은 가지마다 어떤 안식을 채울까
제주에 잡신이 많다고 하여
이형상 목사에 의해 오백여 개의 당집과 사찰을 모두 없애니
무불시대無佛時代로 접어든다
발타라 존자가 창건했다는
영실 존자암이나 장보고의 영화를 간직했던 법화사
기황후의 원찰이었던 원당암이 폐사의 운명을 비껴가지 못했다
이 세계의 고유의 정신을 떨쳐 버릴 수가 없다
바닷새가 유혹할 때면
바당의 헌신과 한라의 사랑
갯가와 오름에 보말과 말똥과 술꽃 나무로 남아 있다
휘파람 불면 새가 온다는데 내 몸에서도 새가 운다
괴질이 소문처럼 휩쓸고 간 마을
항상 붉게 피어
불쏘시개가 되어야 한다 할지라도
모처럼 얻은 안식의 궤네깃당에
괴살뫼의 발톱으로 자국을 찍어 놓았다
당을 지날 때마다
순간, 매의 숨소리

신선함으로부터 멀어진다
폐절廢絕로 가는 길, 잔인할 정도의 가시덩굴?

"어여도 홍아 홍애야 더럼아
때려 보자 때려 보자
어느 것이 동산이냐
요 동산을 때려 보자
ᄒᆞᆫ 두 번을 때렴 시난
도깨 끗이 불이 남져"

· 1702년경(숙종 28년).

## 씨드림

일군 밭에서 '씨드림'을 하여
조와 보리가 섞인 밥이나마 기근을 견디리라

"강답 논에 촐나록 갈안
하늘님이 비 아니 주난
불휘들이 애 몰람서라"*

영등물에 꽃배를 띄워라
왕절동네 기와집 박수무당이 칼춤을 춘다
정착한 동김녕 해녀들이 설화를 후렴한다
죽은 아지망이 징을 치고 아흔이네 할망이 바다에 쌀을 뿌린다
잠녀들이 갑자기 곡을 하며 올해도 저 이어도 귀신을 부른다
어부 아방이 이 바당에 나갔다가
잠녀 어멍이 저 바당에 갔다가
다 죽어서들 온 날 어이어이
올레에서 치른 상
상주의 지팡이 지나치게 나약해
키여키여 넋들이자
새처럼 먼저 날아가

소중한 둥지에 앉고 싶은 자
나는 떠돈다
신이 이어도로 간 망자처럼
버릴 마음을 준다 해도
그림자는 물 위로 건너간다

* 강답 논에 찰벼를 갈고서/ 하느님이 비를 아니 주시니/ 뿌리들의 애(창자)가 마르고 있더라.

# 지드림

제상에 있던 제물을 조금씩 뜯어 모아
흰 한지에 싼 후 영등물에 던져라
용왕신과 바다에서 죽은 영혼들에 제물을 대접하는 제사라
'액막이'는 나쁜 액을 막고 일 년 내내
무사하게 지낼 수 있기를 기원하는 제사라
잠수회 전체를 위한 '도액막음'과
일 년 운수가 좋지 않다고 판단된
개별 잠수들의 '각산받음'이 있으랴

"나 전싕은 궂언 나난, 키여키여 넋드리자"*

심방(神房)이 나에게 하늘의 공기 같은 고요와 기도를 주신다네
삼신할망이 바래다주어서 태어났다는데
조왕님이 먹여 주어 살아왔다는데
세상은 손과 발에 의해 꽃 피어난다는데
빛이 언제 비출지 느껴지지 않을 때는
행복에 이르는 길이 무절제해지고
너머 넘어 건너 헤쳐 온 생이라
밭과 발과 손을 사랑하는 자

농사를 관장하는 터주신
구원은 영욕에 있지 않다
다만 명제를 얻는
자갈밭에서 강하게 피어나라 청보리의 꿈

* "나의 전생은 궂은데 이승에 태어났으니 그래그래 넋드리자".

· 1710년(숙종 36년).

## 거친 바다 아랫가서 일어난다

신축환국, 임인옥사, 을사환국, 정미환국
노론 소론 동인 서인 사색당파가 묶어 놓은 올가미에
젊은 왕이 괴한 소문으로 사색이 되어 갑자기 죽고
한양에서 오랜 갈등이 들끓는다 한다
왕좌 아래 돌층계 아래 새 왕이 탕평책을 실시하랴
청청하고 평탄한 세계인 평원이 곧 건영되랴
그다음에 어둠 속에 바다의 소리
불확실한 가야금 산조

"넘어가는 심방광 정지
요 내 사주 고르챠 주라
원천강의 소주엥 헌건
우녀 지는 말앙근 가져
어멍 시영 어멍 원 허멍
아방 시영 아방 원 허랴"*

재기再琦는 다시 옥빛 청굴물이 고뇌임을 알고 있으랴
아니다
역병 환자들의 구루막을 지나면
삶은 거친 바다의 아랫가에서 일어난다

선대마다 돌하르방 되어 지적한 일이다
이는 정직한 자가 지켜볼 것이다
임종 때 받는 염은 야생화들이 하고
하지만 이 모든 것 그믐과 초하루 사이
날아온 유, 유성
금의환향인 곳에 신세계의 마술이 있겠다
이 모든 순, 순간이 있다
육체적 회한의 안개, 파랑도에서 느낀다
바당은 섬의 육지
하늘은 섬의 망경루

* 지나가는 무당과 지관이여/ 이내 사주四柱 보아 주오/ 원천강이 본 사주라 한다면/ 울지는 말고 가야겠구나/ 어미가 있어 어미를 원망하랴/ 아비가 있어 아비를 원망하랴.

· 1724년경(영조 1년).

## 날개를 자른 제비처럼

'바다 건너는 모두 오랑캐'
이유而愈는 혼자 외쳤다 터무니없이
'암행어사 출두요!'를 외쳤던 박문수 어사
변화무쌍한 이 바다와 안녕을 하곤 우참진으로
유림들이 문전성시를 이루었다
조상의 음덕으로 관찰사가 되고
대사성 대사간 도승지에 암행어사
선혜청 당상관이 되어 예조참판, 병조참판으로
청나라에 다녀왔던 주류인 그
팔도강산을 돌며 비주류의 편에 설 때
섬은 분노와 미소로 물결쳤다
그들은 망루경과 연북정에서 기다리기 위해 왔다
모든 영혼의 기분과 고통과 도취를 포함하여
우리에겐 해당하지 않는 탕평책과 균역법
이 비할 데 없는 수륙만리 과거 응시 제한
육지 아래 섬은 사람도 아래라
검은 바위는 그저 수평선만 바라볼 뿐
'가파도, 마라도'라는 섬 저 멀리
약속들로 가득한 찬란한 양지
행장을 풀고 갈매기의 날개만 바라보니

이 섬의 동녘을 지키는 행소위 장군
신비한 해초 내음 사향을 날려 보낸다

"어느제랑 쑤물 나건
놈광골이 맹근 촐영
거리 노상 팡돌 우티
높이 앉앙그네
가는 사람 오는 사람
수정이나 세여 보리
맹근 촐리난 탕근 생각
탕근 촐리난 더사 높은
갓 생각 나더러 "*

· 1756년경(영조 32년).

* 기다려 지는 스무 살이 되어/ 남과 같이 망건을 구비하고/ 거리 노상 높은 대 위에서/ 높이 올라앉아서/ 가는 사람 오는 사람/ 모두 세어 바라보라/ 망근 차리니 탕건 생각/ 탕건 차리니 갓 쓸 생각이 나더라.

## 소가 되지 못하여 말이 된 제주 여인들

"듭는 ᄌᆞ속 ᄇᆞ려두고
늙은 부미 ᄇᆞ려두고
돈일러라 돈일러라
원진 것이 돈일러라
ᄒᆞᆫ 푼 두 푼 메우던 돈을
우리 님의 개와 속으로"*

그녀들은 불성실하고 저주스러운 남정네와
귀찮은 새끼들이지만
그리워하는 자들도 있으렸다
그들은 모두 나타나지 않는 육지를 생각하며
해녀들이 물질하러 간 사이
아기들을 돌보겠지
윤수允壽 지아비는 진실로 수명을 다할 때까지
그늘 아래 하얀 얼굴로
현학의 책을 들여다보고 있으리
황홀하게 전복과 소라 안줏거리를 생각하리
아낙들은 삶의 창이 파도가 되어 몰아쳐도
어느 남정네가 출륙금지령을 뚫고 상륙했다는 소문에
언젠가 그들도 풍요한 고기와 과일들의 향기가 넘쳐

집집마다 흘러나온다고 믿다가
숨물 쉴 땐 검은 빌레**가 상륙금지령이라 무서웠으리

“님아 님아 정든 님아
해천 영업 안 시길 님
날 도랑 가 줍서 날 모상 가 줍서
천초 도박 내사 말다
좀북 구쟁기 내사 말다
천 리라도 님 따랑 가곡
만 리라도 님 따랑 가곡
예ᄌᆞ의 종부는
님 ᄄᆞ른 종부”***

아들놈 가르치면 급제하여 도성에서 살 생각으로
곧 모두들 유쾌해졌고 누구나 우울한 기분을 바꾸었다
‘놀젠허영 놀암서 상황이 시대가 아니라부만 이시엄주,
때를 보라 때가 올 거여’
모든 자질구레한 싸움도 잊고 잘못도 서로 용서되고
약속되었던 빚도 기억으로부터 지워지고
원한들은 빛 속으로 가기 위해 빗속으로 막가민

여기저기 날아가 버릴 것이다

* 돈일러라: 돈이더라, 원진 것이: 원한안 것이, 개와: 호주머니.

** 빌레: 너럭바위.

*** "임아 임아 정든 님아/ 바다 작업 안 시킬 님/ 나를 데려가 주시오 나를 모셔가 주시오/ 우무 앵초 모두 나는 싫어/ 전복 소라 나는야 싫어/ 천 리라도 임 따라 가고/ 만 리라도 임따라 가고/ 여자의 종부는/ 임 따르는 종부이다".

· 1786년경(정조 10년).

# 제주의 바람은 등 굽은 여자를 재촉한다

돌은 여자를 빚고
한라의 영령은 여자를 섬으로 만들었다
옛날 옛적에
아주 큰 설문대할망이 있었다는데
설문대할망은 마음도 대양처럼 넓거니와 힘 또한 장사였는데
얼마나 흙을 부지런히 날라다 부었는지
바다 위로 섬의 형체가 만들어졌는데
설문대는 흙을 집어
섬 여기저기에 오름을 만들기 시작했는데
흙을 너무 많이 집어 놓았다 싶은 것은
주먹으로 봉우리를 '탁' 쳐서 형체를 맞추었는데
봉우리가 움푹 파인 오름들은 할망이 곤떡 빚듯이
그렇게 만들어진 것이라 한다는데
드디어 섬 한가운데에 은하수를 만질 수 있을 만큼 높은 산
이게 바로 한라산이라는데
그런데 산이 너무 높아 보였는데
봉우리를 툭 꺾어 바닷가로 던져 버렸는데
남서쪽 바닷가로 날아간 그 봉우리는 산방산이 되었다는데

그렇게 그렇게 내 고조 동래 정씨 할머니가

신천 강씨 증조할머니께 작은 산이라도 만들게 했고
신천 강씨 할머니가 밀양 박씨 할머니에게 박 씨 하나를 심으려 했고
밀양 박씨 할머니가 내 진주 강씨 어머니에게 자네를 믿고 갈 수 있다 했고
진주 강씨 어머니가
제주 양씨 아내에게 백 년의 밭문서를 전달하였는데
내 아내가 며느리에게 전달하게 될 서사시집 한 권
뉘에게 보풀마냥 내력을 전할까
산은 있어 나무 갈라지다 푸르다 누르다 뻗어 가다 죽어 가다 날리다 사라지다

"이여도 방아! 이여도 방아!
요 집 방답 주손 각시로
상 아들에 메누리 들엉
유기 제물 날 아니 준들
방앳비사 날 아니 주랴
가지 전답 날 아니 준들
방앳비사 날 아니 주랴"*

>

어느 날 다시 치마폭에 흙을 가득 퍼 담고

바다 화면 한 폭에 퍼붓기 시작할 것인데

* 이여도 방아! 이여도 방아!/ 이 집 가문 맏손주 각시로/ 큰 아들의 며느리로 시집와서/ 유기 제물이야 내게 아니 준들/ 방앗간에서 쓰는 비야 아니 주겠는가/ 가재家財 전답이야 아니 준들/ 방앗간 비야 아니 주겠는가.

# 제주 홍낭전

나리의 집을 지나며 먼발치에서 뵈어수다
열여덟 비바리의 설렘
바다 건너오신 한양의 고관대작 귀하신 분이라고
오라버니가 말해수다
바라만 보아도 느낄 수만 있어도
임은 키 크고 하얀 피부 말 없는 입술,
처음 뵈었을 때 나는 순비기꽃
임은 비구름을 삼킨 돌이어수다
잔뜩 울음을 터트릴 것 같은 눈동자에
해녀의 마음 둥그데 당실
갯바위 게우쇠 물 한 바가지 드리고 싶었을 뿐이어수다
절망의 물숨에도 임이 있기에
바당물에 적신 이 몸
해초마냥 싱그러울 수 있어
말은 없어도 마음 하나 달 보멍
툇마루에서 글 읽을 때 고사리무침에 보말 삶아 드리멍
이런저런 생각도 밤하늘에서 흘러내리낭
별들은 내 안에서 이것이 사랑이엔 고람수다게
바당에서 물결치다가
임의 섬에 머물고 싶어 빨리 와수다

임을 위해 아무 생각도
별별 이익도
아무 계산도 하지 안 허젠 허영
나 이젠 빨리 감수다
울음 별똥으로 사라진다 한들 말이우다게

"ᄒᆞᆫ번 가민 못 오는 질
칠성판을 덕끄만 풀입생만 왕지랑허곡
일름 모를 생이가 우는 곳에
서러운 몸땡이 죄엇이 썩을 길
저 너드럭헌 저 하늘 아래서
피눈물을 솜지멍 가야 합니까?
ᄒᆞ나뿐인 이 청춘 일허불곡
ᄒᆞ나뿐인 ᄆᆞ음 모지직허게 먹커메
임이랑 더러운 시상 벗어낭 큰 사름 되엉
고달고장* 피거들랑 나 생각허여 줍써
오로지 임 생각으로 눈 곰암시난
산비둘기 울엄거랑 나 생각ᄒᆞ여 줍써"**

* 고달고장: 접시꽃.

** 『홍윤애와 조정철의 눈물보석 궤삼봉(참사랑)』, 고훈식 저, 시와실천, 2020)에서 인용.

· 고관대작의 자제 조정철은 스물다섯 살에 과거에 합격하였지만 1777년(정조1년) 처가 홍씨 가문의 역모 사건에 휩쓸렸다. 아내는 자결을 하고 그해 9월 제주도로 유배돼 27년간 귀양살이를 하였다. 그러다 1781년(정조5년)에 제주 목사 김시구가 도임했다. 김시구는 신임사화 때 처형된 일가가 있어 할아버지 때부터 원수 집안이었다. 깊은 원한을 가지고 있기에 부임 초부터 조정철을 죽일 궁리를 하였다. 조정철의 유배를 거들며 연모의 정을 품고 있던 홍윤애는 김시구에게 붙들려 고문을 당하기에 이르렀다. 홍윤애가 불복하자 큰 곤장을 만들어 7~80대를 치는 바람에 뼈가 부서졌고, 결국 목매달아 죽었다. 이 사건이 조정에 알려지자 진상을 파악하기 위해 박천영 어사가 파견되어 김시구는 잡혀가고 조정철은 여러 달 문초를 겪은 뒤 풀려나 정의현으로 이배되었고 홍윤애는 죽은 지 17일 만에 묻혔다. 조정철은 22년 후인 1811년(순조 11년) 유배에서 풀려 홍문관 교리로 제수되었고 다시 제주 목사가 되기를 원해 부임하여 31년 만에 홍윤애의 무덤을 찾아 손수 글을 지어 비를 세운다. 조선 시대 사대부가 여성을 위해 세워 준 유일한 비문이다. 또한 홍윤애와의 사이에서 난 딸과 외손자녀들을 만나서 도와주게 된다. 한라산 정복을 기념하기 위하여 "조정철 정유년(1777년)에 제주에 귀양와서 경술년(1790년)에 떠났다가 신미년(1811년)에 방어사로 정상에 오르다"라고 새겼다. 그는 또한 홍윤애가 낳은 자신의 딸 가족을 호적에 올려 돌보았다. 벚꽃 거리로 유명한 제주시 전농로에는 한국토지주택공사 제주 지역 본부 앞에 홍윤애의 무덤이 있던 자리를 알리는 표지석이 있고 그 옆엔 홍랑로가 있어 홍윤애를 기리고 있다. 1997년 양주 조씨 문중에서는 홍윤애를 조정철의 정부인으로 인정하고 사당인 함녕재에 봉안했다고 한다.
유배 기간에 겪었던 회한을 쓴 400여 편의 시를 『정헌영해처감록靜軒瀛海處坎錄』으로 발간했다(김익수 역, 제주문화원, 2006). 정헌은 조정철의 아호이고 영해는 탐라 제주를, 처감록은 구덩이에 처박혀 살았던 기록이라는 뜻이다.

瘞玉埋香奄幾年(예옥매향엄기년)
誰將爾怨訴蒼旻(수장이원소창민)
黃泉路邃歸何賴(황천로수귀하뢰)
碧血藏深死亦緣(벽혈장심사역록)

千古芳名蘅杜烈(천고방명형두열)
一門雙節弟兄賢(일문쌍절제형현)
烏頭雙闕今難作(오두쌍궐금난작)
靑草應生馬鬣前(청초응생마렵전)

옥 같이 그윽한 향기 묻힌 지 몇 해던가
누가 그대의 원한을 하늘에 호소하랴
황천길 아득한데 누굴 의지해 돌아갔을꼬
짙은 피 깊이 간직한 죽음 인연으로 남았네
천고에 높은 이름 열문에 빛나리니
한 집안 높은 절개 두 어진 자매였네
아름다운 두 떨기 꽃 글로 짓기 어려운데
푸른 풀만 무덤 앞에 우거져 있구나

애월, 서부 관광도로 유수암 주유소에서 한라산으로 가다 보면 홍윤애의 묘지가 있다. 위 글은 조정철의 비문이다. 사랑하는 여인의 땅 제주를 위해서 많은 선정을 베풀고, 일 년 후 동래부사로 승진한다. 그리고 충청도관찰사, 형조판서, 예조판서 등을 역임한다.
그의 유배 생활을 기록한 문집『정헌영해처감록靜軒瀛海處坎錄』에는 1781년 홍윤애의 상여가 나가던 날의 참담한 심정을 적은 시도 전해진다고 한다.

橘柚城南三尺墳(귤유성남삼척분)
芳魂千載至寃存(방혼천재지원존)
椒漿桂酒誰能奠(초장계주수능존)
一曲悲歌自淚痕(일곡비가자루흔)

귤나무 우거진 성 남쪽 작은 무덤
젊은 혼 천년토록 원한 남으리
초장과 계주는 누가 올려 줄까
한 곡조 슬픈 노래에 눈물 절로 흐르네

자료: 《한라일보》(2012. 6. 11.) 기획특집 시리즈 '제주 유배인과 여인들'.

# 제3부 우리 영혼에 불을 질렀다

## 궁휼에서 벗어난 강한 덕자德者

천손天遜은 실용의 수인

만덕* 같은 거상을 동경한다

만덕의 객주에서 육지의 거간들을 만난다

돈을 벌어 많은 창 넓은 밭을 살 것이다

기근에 내 식솔의 믿음으로

세상사 흥미는 떨쳐 버렸다

헌신도 왕조의 성은도 이제는 필요 없다

나는 허기에 지친 사람

누구나 양식을 위해 풍요의 삶을 부러워하리

덕을 위해 확실한 건, 땅이라 금金이 안녕하다[金寧]

나는 할 수 있다

그러나 힘이 부족하고 무절제하고 나약할지라도

용기 있는 늙은이가 되어야지

더는 필요 없을지라도, 만덕의 의녀!

연속되는 생의 항쟁 진한 행동으로

뭍으로 가 임금을 배알하고 명산을 관광하니

제비는 모든 사람이 이르게 되는 맺음말이다

그러나 한양에서 채제공을 향한 연모는 끝내 말하지 않았으리

태초처럼 오랫동안 만덕의 가슴은 암흑천지

어둠과 혼돈으로 휩싸인 후 개벽, 만덕의 기운이 감돌기 시작했다

갑자년 갑자월 갑자일 갑자시에 하늘 머리가 열리고
을축년 을축월 을축일 을축시에 땅의 마음이 열리며
병인년 병인월 병인일 병인시에 사람 숨통이 열릴 것이다
나뭇가지들이 점점 갈라지다 보면
잎이 푸르게 달아오르고 과실로 맺을 것이다
저울대 하르방은
집마다 똑같은 재앙과 복을 준다 했다지 않나
식솔을 짊어진 어깨 통증
죽은 후 묘소 광전廣田은 광전光田

* 김만덕(1739~1812): 살인적 흉년에 사재로 구휼미를 사들여 도민을 구함. 1794년경(정조 18년).

## 마리아 할망 정난주*

아무렴 돌담은 무너지지 않듯
제주 바람을 맞으면 마리아는 쓰러지지 않는다
찬 서리 겨울 바다 정월 초하룻날 배가 쉬어 쉬어
하추자도 예초리 해변 언덕에 너를 맡기고 떠난
빈손은 평생 비손이다
아들아, 네가 그리울 때마다 달을 먹는다
정조 시대 궁녀들의 이태백의 달 노래를 들려주랴
뒤이어 천주여 노래가 들려오랴
황사영, 정난주의 아들이 아닌 이 섬의 아들로 살아가라
늙은 폭낭 당에 치렁치렁 무명천이 흩날린다
교파도 사상도 출신도 없는 그저 평범한 양가의 자손으로
감저**를 삶아 먹으며 파래 가시리 국과 보말을 섞어 먹으며
시퍼렁한 바다는 햇살 받아먹은 물무늬로
애간장 없이 말하는 훈담으로 너 자신으로 살아가라
강인함으로만 흘러오던 물줄기
지금부터 너의 가家를 이루게 되었다
어제까지 율은 망부의 몫이다
우럭과 미역을 주는 은자처럼
더 필요 없을지라도, 숨은 천주에게
지상의 생은 연속되는 극! 칼 위의 춤!

좋은 날도 궂은날도 흘러 흘러
희극과 비극은 모든 사람이 이르게 되는 연극이다
비 온 날도 눈 온 날도 하늘 만 리
천년 가문에는 네가 이미 지워졌다
떠난 날의 뭍에는 허수아비의 눈과 입이 떠도는 추상화로 있다
폭낭 앞에서 농무를 추고
어부의 노래를 들으며 아낙은 새참을 나르게
세월아 아들아, 추자도에 묻혀 천년 후에

* 정난주 마리아(1773~1832): 한양 할망이라고 불렀다. 18세기 최고 명문가인 정약현의 장녀이며 정약용, 정약전, 정약종의 조카이다. 1801년 신유박해 때 천주교인들이 참수형을 당했다. 숙부들은 각지에 유배되었으며 고모부 이승훈, 외숙 이벽 모두가 참수형을 당했다. 천주교를 믿지 않고 고향 집에 기거한 정약현(정약용의 큰 형님)의 장녀이자 황사영의 처 정난주도 시어머니와 어린 아들을 데리고 친정으로 피신했다. 정약용의 제자인 남편 황사영이 천주교 부흥을 위한 백서를 북경의 주교에게 보내려다 발각되어 참수형을 당했다. 정난주와 시어머니는 각각 제주도와 거제도의 관비로 정배되었다. 정난주는 제주도로 가는 길에 아들을 평생 노비로 살게 할 수 없어 추자도에서 아들 황경한을 버려야 했다. 어부 오씨 집에서 입양되어 이제까지 추자도에 후손들이 살고 있다.

** 감저: 고구마.

· 1801년경(순조 2년).

# 양제해* 처 하르방전

헛밭을 일구는 내 삼촌 조카 형제들이여
언제까지 혹세의 혹풍酷風이 휩쓸고 가나
대인大仁 조카여, 동지들과 동지섣달 야반을 기해
제주 · 정의旌義 · 대정大靜 등 3읍에서
일제히 봉기하기로 하였나
제주 목사와 판관 현감들의 폭정을 결박하고
모든 관아를 장악한 다음
내륙 지방과의 교통을 일체 차단하였나
제주인의, 제주인에 의한, 제주인을 위한 자치 체제를 확립하려고 했나
도민의 이익과 안전을 도모해
아지망들은 '도액막음'과 '각산받음'으로 빌어 주오
이 계획의 성공을 위해
관리들의 친목계를 감시하고 많은 장사들을 규합하는 한편
병기와 군량도 준비하기로 하였나
궤네깃당에 가서 굿을 하면 망자가 되어 무정 천 리
걷고 또 걷다 보니
우리 일곱 동지는 죽어도 북두칠성이 될 수 있다는데
마침내 때가 왔다지만
서북 지방에서도 홍경래의 난이 일어났다지만

조정에서 보내온 탐관오리들을 몰아내자고 했나

중고시대中古代期에는 탐라는 어엿한 자율적인 제후국

소중한 그곳을 부르는 자는 선대의 혼령이었다지만

중앙정부여,

우리는 다만 절박한 상황의 호소일 뿐, 결코 모반의 의도가 없었어

장례 후 저녁에 모여 앉은 괸당 일가친척들에게

저승길 목소리

제주도의 실정을 일일이 조사해

이폐조목釐弊條目과 함께 들려주어라

· 1813년경(순조 13년).

* 양제해: 조선 순조 때 제주목 중면中面(현재의 제주시)의 풍헌風憲을 지낸 제주 토호土豪이다. 향감(지금의 주민자치위원장 격)으로 중앙정부에 등장等狀(이름을 잇대어 써서 관청에 올려 호소하다)하려 하였으나, 실록에는 제주도를 독립시킬 목적으로 모반을 일으킨 사건으로 각색되었으며 양제해를 포함한 주동자 7명이 처형되었다.

## 바람을 안은 집에서 세한도를 보네
—추사 김정희

서귀인의 귀와 밀방아도 힘을 잃고
대정의 소나무가 붉그스레 변해 갈 즈음
반딧불 호롱불 삼아
오름이 달래고 바당과 말하는 위리안치圍籬安置
눈에 어려진다
당신이 차린 밥상, 칭얼대는 새끼들
거친 붓 하나
물속의 마음도 추위를 벗하면 그릴 수 있겠다
먹물이 시리다 백지 위를 숨 쉬게 하라
바닷가 집 발치에서 활쏘기 하는 새
제주의 울음으로 휘갈길 때만
어쩌면 섬 속의 섬, 혹한을 즐길 수 있으랴
매어 둔 배들과 함께 묶여 있으니
고인 시간 속에 칼바람이 그려지네,
내 안의 내방객이 검은 바위가 될 즈음
한라여, 바다로 사르고만 있으련가
까마귀 우는 저녁, 제주목의 군졸들이 당도하겠다
나막신 신고 도롱이 차림, 마음을 정해야겠다
바람을 안은 귤중옥橘中屋, 감귤 창고 앞에서
아비 소나무를 세 그루의 잣나무가 부른다.

>

애제자 이상적이 연경에서 사 온
책들과 문방사우 객주 편으로 잘 받았다
그대는 나에겐 문방 오우,
“겨울이 되어서야 소나무와 잣나무가 시들지 않는다는 사실을 알게 되네”
우는 새랑 재우고 웃는 새랑
쉰다리* 밥이라도 먹어야 겠다
이 밤을 돛대와 삿대로 저어 갈 즈음
“작은 창가에 빛이 밝으니
나를 오랫동안 앉아 있게 한다”**

· 1844년경(효종 10년).

* 쉰다리: 누룩과 밥에 물을 타서 그릇에 두고 며칠 있으면 발효되어 쉰 음식이 된다.

** 소창다명小窓多明 사아구좌使我久坐”. 추사 김정희가 제주도 유배 시절에 쓴 글.

# 귤림의 꽃들은 누굴 위해 피었나

—임술 제주민란*

탐라의 여명은 왔다

액막이굿으로 용왕신이 주신 햇살

관대하다 이곳에 쉬게 하니

조상의 음덕에 어이 한이 있겠는가마는

마침내 어이 여기까지 꺼이꺼이 왔구나

석양에 닻을 올려 행장을 꾸렸으나

저녁에 큰바람 부니

포구의 마을에 봉화를 올리겠네

왕조의 독아에서

잡초의 피를 빨아먹고 넘어지는 도적들이다

"구관이엥 해ᄌᆞᆺ도 말라

신관이라도 일ᄌᆞᆺ도 말라

산지 물 사흘 먹으니

원員의 공ᄉᆞ ᄒᆞᆫ 공ᄉᆞᆯ러라"**

그자者가 그자者이니

온갖 착취가 이뤄지는 성벽, 불의 세례를 받아라

언제까지 국난의 혹풍이 휩쓸고 가나

굴욕을 어둠의 그늘 속으로

끌고 들어가며 신음, 쌓이고 쌓인 압박 아래
그 작은 눈에는 의혹이 가득히 깃들여졌다

'민폐시정규칙'을 외치며 밤의 성내를 밝히며
이제는 동녘을 향해 걸어가자
조랑말을 타고 달려 보는 성산 일출봉
함께 꿈꾸던 날이랴
오랜 말발굽 아래 민초는 밟혀 가는데
영택永澤의 길, 찾아야 할 길
이 다시 새롭도다.

* 제주민란: 1862년(철종 13년)당시 임헌대 방어사가 특정인의 청탁을 받아 부역과 세금을 면제하고 그 부담을 농민에게 떠넘겨 징수하는 등 가렴주구를 멈추지 않음에 따라 강제검과 김흥채 등이 3읍의 농민 무리를 이끌고 제주 성문을 부수고 쳐들어갔던 것이다. 임헌대 제주 목사는 화북리로 도망가서 조정에 급히 보고가 되었고 강제검과 김흥채 등은 목이 베어져 저잣거리에 내걸렸다.

** "구관이라고 해롭게도 말 것이며/ 신관이라고 칭찬도 말라/ 산지 물 사흘 먹으니/ 원이라 벼슬은 한가지더라".

## 말해 보렴 헛곳간을 거부하노라

—경인민란~병신민란*

제주를 식민지로 하여 조정은 대한제국**

폐하, 어디로 가시나이까?

추위에 떠는 영혼들아 모여라

의로운 정신이라면

제주 사람아! 수천 군중을 이끌고

왜양축척倭洋逐斥, 신제 개혁 반대 운동에 동참하자

일본 어선 제주 침탈 항거해야는데

*탐관오리들은 민간 재화를 갈취하고*

*홍수와 가뭄, 호열자의 만연, 부역의 되풀이*

*농민들아, 일어나라*

홍범 14조 등 각 분야의 새 체제의 급격한 강행

민중은 반발하노라

중앙에서 내려온 관료들을 배에 실어 내쫓으니

폭행, 독약, 비수, 방화 따위 대신

이제 서제공의 20세 후손 석환晳桓은

신천 강씨 처녀랑 혼인을 하여

동김녕 바당에서 살면 어떨까?

이곳은 분명 물질도 잘 되고

감자랑 당근도 깨도 잘 심어질 거야

안 칠성을 고팡에, 밖 칠성을 뒤에 모셔

육지로 드나들면 거상이라 칭하여도 되겠군
이 마을은 청굴물도 있지
이 갯물은 용수천이라 한다는 군
그리고 그 마을 사람들은 어찌나 악착스러운지
가뭄에는 모든 풀을 뽑아 먹어 버려
옆에 앉은 자리 풀도 안 난다는군
빈농의 취미에 맞는 풍광이겠군
나의 영혼은 이걸로 대답이 없다

* 경인민란: 1888년 부임한 조균하 제주 목사는 민간의 재화를 갈취하였고, 홍수와 가뭄, 호열자의 만연, 부역의 되풀이 등으로 인해 농민들의 생활은 실로 비참하였다. 이에 1890년 농민들을 선동하여 하귀리 출신 김지가 제주성을 점거하였다. 그러나 김지는 관리들로부터 뇌물을 받고 농민들을 해산시킨다. 1890년(고종28년) 이완평, 한계환 등이 주동이 되어 강력한 시위를 하였으나 난이 진압되면서 주동자들은 죽임을 당하였다.
병신민란: 1894년(고종 31년) 일어났다. 홍범 14조 등 각 분야에서 새 체제를 급격히 강행함에 따라 민중들이 반발을 일으켰다.

** 1897년(대한제국 광무 2년, 고종 35년).

# 헛웃음을 짓는 제주의 형제들이여
—방성칠*의 난

마파람이 구석구석에서
조랑말을 내모는 이 아침
우리들이 내놓는 월계수 손길을 잡아라
굴욕을 어둠의 그늘 속으로
끌고 들어가며 신음하는 민초들
탐관들은 점잖은 선비풍을 하고
가장 교활한 족속으로 제주의 이름은 더럽혀지다
조상을 반역으로 모신 이는 같은 반역이외다
쌓이고 쌓인 압박 아래 제주의 민초들이다
검게 탄 얼굴로 헛웃음을 짓는다
선인장 위로 자비와 사랑
비둘기들이 남도 해안의 공영을 이루는 날
돌과 흙이 물과 불이 범벅이 땅에
우리의 영혼이 묻히고 있는 한
해도진인설海島眞人說**로
후천개벽의 사회를 실현하자
한라 위 햇살에 그을린 친구와 두건을 두른 선비들이여
돗제 날 굿을 위해 우리 방언을 서로 모르는 체
함께 가는 마음과 마음 선인장 위로 횃불을
조랑말에 떡과 술을 실어 오리다

이 세계 저 세계 인간의 마을 안녕하라

* 방성칠: 전남 화순군 동복면 사람이다. 1894년 동학농민전쟁 실패 후 제주도로 건너와 화전민으로 살다가 조세의 시정을 요구하며 1898년 제주민란을 주도하였다. 유배 온 선비들을 교섭하고 수천 명의 농민을 규합하여 제주 읍성을 점거하였다. 제주 독립국가 건설을 계획하며 육지로 오가는 배들을 전면 통제하였고 조선 정부와 관계를 끊고 주변 세력을 이용하여 대항하려 했다. 제주도가 방씨 임금이 태어날 방성房星의 땅이라는 정감록과 함께 방성분야房星分野라는 천문 지리설이 동원되었다.

** 해도진인설: 동학과 교리가 비슷한 남학교도의 교리.

## 우리 영혼에 불을 질렀다
—이재수의 난*

"오호라, 오늘 탐라 백성이 업을 잃고
거리와 산골에 방황하여 생계의 도가 자유치 못하니
그 민폐의 근원은 무엇이뇨
이는 곧 살생과 폭행과 늑탈을 일삼는
천주교도 무리로 말미암은 것이니
저들은 교도가 아닌 폭도요
저들이 믿는 것은 교가 아니라 미신이다
모여라 영웅 열사여"
나는 대정으로 가서 장두 이재수의 격문을 보았다
조선 왕이 프랑스 신부들에게
신표를 주며 국왕처럼 대우하라 여어대를 내리니
천주교 신부들은
'조선인도 입교하면 저런 특권을 주노라' 하였다
그들은 제주의 토속신앙은
혁파돼야 할 사탄이라며 신당을 파괴하고
우리 영혼에 불을 질렀다
조선 정부는 폭정의 세금 징수관을 파견했다
우리 민군의 장두 이재수
무력 도발의 대응은 무력 항쟁이라고 선언하다
제주성을 사이에 두고

천주교도들과 민군이 치열한 공방을 치르는 밤
성안의 무당은 성문을 열어 주고
민중의 빛이 서린 칼날
천주교도들을 직접 처형하다
곧이어 프랑스 군함이 들이닥쳐
대한제국의 관군도 진압군으로 들이닥쳐
민군 지도부를 체포하고
백성은 흩어지게 하고
우리의 장두 이재수와 지도부를
한양으로 압송, 효수하다
천주교 측은 배상금 오천백육십 원을 요구하니,
조선 정부는 돈이 없어
제주 정의 대정 3읍의 도민 한 사람당
십오 전 육 리를 거둬 바쳐야 했다
그날 저녁 까마귀 한 마리
동대문 지붕 위 이재수의 머리 위에 앉아
세상을 물끄러미 쳐다보고 있었다

* 이재수의 난: 1886 한불수호조약 이후 고종 38년(1901년) 6월 제주 대정에서 이재수가 제주도민의 총궐기를 외친 난. 이재수는 재판 과정에서 "우리가 죽인 것은 양민이 아니라 역적일 뿐이다"라고 당당하게 말하였다.

## 최초의 항일운동은 제주에서 일어나수다
### —제주 법정사 항일운동*

알암수꽈? 우리 제주 사람이 일으킨
전국 최대 규모의 종교계 무장 항일운동이우다
서귀포 법정사에 새벽 예불 가 보난 난리도 아닙디다
곧건 들어 봅서
일본 제국 놈들 통치 반대한다 하여그네
주지 스님 중심으로 칠백여 명 사람들이 잘도 모입디다게
화승총인지 화난 총인지로 이틀 동안 덤벼수께
말이사 바른 말이우다마는
기미년 한 해 전 봄에 미리들 결성 해시난
그게 다음 해 3 · 1 운동으로
진달래 번져 가듯 삼천리 방방곡곡
상군 해녀 역할 헌 거 아니꽈?
나도 보와수다마는 격문** ᄒᆞᆫ번 봅서

일본 놈 관리와 일본 놈 상인들을 제주 밖으로 축출허영 속 편히 살구장 허우다게, 경 허영 일본 순사들 연락을 차단하기 위해 '큰 내(江;Ⅱ川)' 가로지르는디 있지 않으꽈? 전선과 전주 2개를 절단 무너뜨령, 각 주재소를 고립시켱 중문 주재소를 기습 공격 헌 것도 물질한 것 헐값으로 치는 일본 상인들을 공격헌 것도 속이 다 후련헙디다 탈취한 무기

로 무장까지 해 부난 죄지었젠 꼬투리 잡읍디다게 '아멩허민 어떵 험 말이꽈'*** 주모자 스님들이랑 다 감옥에들 갔젠 햄수께게 곧건 들어봅서. 큰 아지방이 말허는디 3 · 1 운동 주도자 손병희 선생은 징역 3년인디 김연일 주지 스님은 10년 때린 것 보민 이것도 차별 아니꽈? 한방약도 지어 주고 침도 놓는 정구용 스님 알아졈지야 감옥 나왕 경북 어디서 계속 항일운동들 했젠 햄수께 그 절에 가 보민 법정사 동백은 이 겨울에 무사 그때 사람들 눈망울처럼 벌겋게 떵으네 쳐다보메 아이구야, '고랑 몰라들 마심'****

· 1918년 10월 7일.

* 법정사 항일운동: 주지 김연일을 총책으로 하여 강창규, 방동화, 박만하, 정구용 스님을 중심으로 선도교(보천교)의 신도와 민중이 함께 한 2일간의 항일운동이다.

** 우리 조선인이 일본에 침탈당하여 괴로움을 겪고 있는 지금이야말로 옥황상제 성덕주인聖德主人께서 우리 조선인을 구원하라는 명을 내렸다. 이에 각 면 및 이장은 즉시 마을에서 장정을 모아 1918년 10월 3일 오전 4시에 하원리에 집결하도록 하고, 4일에는 거사를 일으켜 관리를 체포하고 일본인들을 축출하도록 한다. 이 명령을 따르지 않는 자는 군법에 따라 처벌한다.

*** 아무렴 어쩝니까?

**** 말해선 모른다 말입니다.

# 피가 끓는 동산은 붉게 타오른다

—제주 조천 만세운동

휘문의숙에 다니는 김시범의 아들 장환이가 귀향하였다
그래 궁금하던 서울의 기미 3 · 1 운동 소식을 들었다
독립선언서 등사물을 가슴 속에 숨겨 와서
유림 향교에서 말하였다.
제주의 유림 사이 명망이 높았던
조카네 작은아방 김시우의 기일을 거사일로 결정허게
만세 운동을 알리고 동지를 규합하여 태극기를 만들고 사
전 준비를 진행허게
불끈 쥔 용기로 일어나시난 속삭임이 외침으로 들려 왐져게
스물세 명의 유림이 한 미밋동산에 역으로 흘러와시낭
조천에선 바닷물이 산 쪽으로 올라왐져게
잠시 우리는 우리의 이름 앞에서 무릎을 꿇었다
영혼이 우리 육체를 밀어 올려 동산은 붉게 타오른다
가로막는 자여, 아직 당신들은 우리를 모르고 있다
봄 나절 우리의 발걸음은 하늘 향해 응어리를 뿜는다
모인 자들이여
해역 만 리 기별 듣고 솔나무 가지 끝에 가깝게 가려 한다
잠시 미밋동산에서 앞바다를 본다
가시나무로 울을 친 옆 토막 난 고령의 나무가 누워 있다
겉은 왜 이다지도 거친가

속은 또 왜 새 각시 속살처럼 보드라운가
풍상으로 거무레한 돌밭 사이
보리 줄기 둘러싼 가장자리에 유채꽃들이 노랗게 웅성거린다
동산 오르막에 선 이 나무는 은행나무였구나
우리는 유림이었구나
족쇄를 풀어 겨레는 물 위를 건너리
돌아오지 않는 길로 행진한다
우리가 보낸 물결에 지치도록 밀려드는 함성
우리의 발이 용서하지 못하고 바닷물에 담그니
정강이가 시리엄시낭
조천 만세 대행진, 만세, 만세!

· 1919년 3월 21일.

## 제주의 아나키스트

점잖은 공맹 사상이나 계몽은 돌담에 부딪히고
바다 건너온 사회주의만이 어둠 속의
동굴 속의 테러리스트여!
우리는 무산자 본위로 하는 신사회 건설을 가한다
제주청년동맹 조직원이 사천여 명
용추사 가는 길은 온통 붉다
산 사람이 살아야지 자유의지를 억압하지 마!
부당한 국가 권력 물러가라
자유 공동체주의가 여기 있다
어쩌면 그것은 우리가 살아온 방식
우리 제주 사람들은 권력의 지배를 싫어해
괸당*이란 공동체 안에서 서로 도우며
마을 사람 모두 오순도순 삼촌 조카이지
한 줄기 햇살이 고요 속에서 은밀히 번져 나가다
구좌의 혁우동맹, 애월의 8인 동지, 신창의 독서회
낮은 곳에서 손에 손 잡고 저 높은 곳을 향하여
지식인 중심보다 더 중요한 기층 민중의 노선
제주도는 공산주의 사회보다 아나키즘 사회로 가는 것이 좋다
잡화상 은행원 소형 선박업자 상인들이여

'우리계'를 조직하자
소비조합은 일본 상품과 기업에 대한 배척
이 세상에 권력이 존재하지 않는 재주꾼은 제주 공동체
나, 계삼桂三이여, 한라의 계곡에서 맘껏 취해서 흐르게 하라
용추폭포다 이게 삶이다 콸콸 쏟아져라
우리 우리 서로서로 제주 사람 아니꽈들 마씸.

* 권당眷黨: 일가 일족을 뜻하는 권당을 제주어로 괸당이라고 한다.

· 1927년 신인회, 마르크스-레닌주의를 민족 해방 투쟁의 지도 이념, 1931년 조선공산당 5월 16일 제주 야체이카 재결성하다. 야체이카는 러시아어로 세포란 뜻으로 비밀 사회주의망.

· 제주도가 지닌 지정학적 특징은 아나키즘이 널리 보급될 환경을 조성하였으며, 이는 고순흠, 고병희 등 서울이나 일본으로 유학 갔다 돌아온 사람들을 중심으로 이뤄졌다. 1920년대 제주해녀어업조합이 창립되어 해녀들의 권익 향상을 도모하였다. 흑도회와 흑우회에 가입하면서 아나키즘 선전 활동을 벌였는데 1925년도에는 제주도에 아나키스트가 65여 명이나 되었다. 제주도 아나키스트들은 소비조합을 통하여 교통기관을 장악한 뒤, 자주 관리 체제를 구축하고자 했다.

## 잠녀들의 세기전

성님 성님 사촌 성님
물질이 누가 이승이엔 생각햄수까
숨비소리는 저승의 중심 자리에서 시작햄수다게
조천 만세운동에 걸려든 큰 아지방은
유림의 예의 국가는 공정함이엔 고르챠 줨수다게
일본 순사들은 빨간 완장 들러그네
바다 세금의 원초를 물어 올 때는
언제까지 온 바다 사랑을 해야 되는가를 되묻곤 해수다
더워 부낭 세금 서류를 박박 다 찢어 버려수다
집에 도착하니 똥돼지가 먼저 반겨 들고
아침마다 하루치 잔고를 계산허난
무슨 놈의 세금이 이등분 허는지
전복 해삼 몽땅 칼자국이 베여수다게
밑 바당의 우럭은 야광으로 부에 난 만담을 건네주엄수다
모두 모영 모듬치기* 헤불쿠다게
잠녀들의 세기전은 모두가 피투성이 되야 끝납니다게
죽여 버리구 싶은 일본 순사 놈이 있을 때
명심 줄이 허약해지지 안햄수까
노을도 기가 죽어그네 바다에서 빙의를 입엄수다게
어촌계 순사네들은 싸움을 말리당으네

이젠 싸움 거는 사람 잡아들 가젱 험수다게

술 한잔에 자리회를 한 그릇 들이켱으넹 말하는 것 봅서 성님

사흘간 한그루미로 물질허영 조합비, 입어료, 수수료, 세금 내야

해녀의 맛이 난다고 햄수다게

멧게라, 고랑 몰라**

그때부터 상처는 덧나기 시작허는디

골막 한의 하르방 찾아가서 심신을 내려놓았주마씸

하르방은 공중에 물도세기 혓바닥들이 스친 곳마다

불길이 일어난다고 햄수다

식칼로 자른 우리네 불덩이는 자정이 지나서야

돔베 위에 시름을 펴 놓암주마씸

이젠 물질을 해도 바당에서 곡조가 흐르지 않으니

작살 들엉 저 순사 놈들이랑 혼번 싸우게들 마씸!

· 1932년.

* 모듬치기: 여럿이 덤비기.

** 멧게라, 고랑 몰라: 그러기에 말입니다 말해선 몰라. 제주 해녀 항일운동 노래 가사, 일제의 폭압으로부터 반발한 1932년 제주의 해녀들과 어민들에 의해 총 238회, 약 1만여 명이 참여한 대규모 항일운동. 제주도의 아나키스트들에 의해 점화되었다.

# 제4부 그 섬은 지금 여기에 있다

## 하얀 족속 1

누가 내 혀를 이렇듯 표준어로 만들어
지금껏 내 전설을 부인하게 하는가
아버지는 살기 위해 몸을 움직였고
어머니는 어떵허쿠,
아버지의 뒷설거지를 하였고
나는 강아지보다 더 캥캥거리다 살아남았다
내가 모르는 제주어는 없다
나는 제주도 김녕리 조상 괸당의 모든 이야기를 들으며 커 왔다
이 섬 어딘가에
내 지나온 발자취 남아 있다면
19세기에 태어나신 할머니 이야기부터 시작된다
정지*에 계신 할망, 올레에 귀신이 있어요
연기는 춤추며 올라가는데 귀신들은
하얀 수염을 하고 내려오고 있어요
아이야, 하늘에서 내리는 것은
먼저 간 영령들이 꽃씨를 뿌리는 것이란다
바닥이 그리워 내리고 있단다
이 할망 혼도 언젠가 너의 바닥에 하얀 꽃씨로 내리고 있을 것이다

할망께서
삶은 달걀을 쥐여 주던 내 유년의 기억
아방은 뜨개질하는 어멍의 배를 가리키며
네 동생이 여기에서부터 자라고 있다 한다
고팡**에서 갖고 온 씨앗 고구마
호미***로 깎아 다디달게 먹는 밤
쏟아지는 폭설
내 기억 바닥에서 물숨

* 정지: 부엌의 제주어.
** 고팡: 곳간의 제주어.
*** 호미: 낫. 표준어 호미는 제주어로 골갱이라고 한다.

## 하얀 족속 2
—절구질할 때 가슴만 두드리는 법

제주의 종족은 반항하기 위해서만 일어섰다
어른들은 긴긴밤 삼별초나
목호牧胡*의 난亂을 전설처럼 항상 들려주셨다
삼별초군이나 고려 관군이나 몽고군이나 모두 육지 것들
무장군이나 토벌군이나 다 육지 것들
일본 놈이나 중국 놈이나 미국 놈이나 노국 놈들 사람 죽이는 덴
모두 똑같은 것들
잘두 잘두 죽여라 징글징글 징그럽다 오싹오싹 모수워라

19세기 태어나신 할망은
할머니의 할머니가 들려주던
옛이야기를 하신다
탐라에 정씨 여자가 있었는데
미모가 뛰어나 목호牧胡 석아보리개와 결혼했었는데
그녀의 남편은 목호牧胡의 난에
최영 장군에게 죽고
정씨는 제주 최초의 열녀비로 서귀포 한남리에 세워졌다네

또한 20세기 초 태어나신 외할망은

외할머니의 아버지가 들려주던
이재수의 난을 말하신다
관리를 처형했던 성세기 해변
당당하고 젊은 장두여! 조금 얽었어도 잘생겼지
봉세관과 결탁하여 백성들을 괴롭히는 외세의 세력아 물러가라
제주의 유생들과 토호들이 천주교 세력에 저항하던 날
할망은 숨물 한번 '애기구덕' 한번

몽고에 항쟁하던 삼별초의 밤
목호의 각시들도 몽고 혼혈 아이들도
몰테우리도 아지방네 아지망네 제주 사람이라
육지 것들 욕허당도 영도 정도 못 하여**
할망은 '물허벅' 지영 절구질만 쿵더쿵

* 목호牧胡: 목장을 하는 오랑캐, 몽고인 목장주 및 관리인. 원나라는 고려를 침략하고 삼별초가 최후까지 저항한 지역인 탐라에 관부를 두고 목마장을 건설하여 몽골인 목자 시켜 몽골 말을 기르게 하였다. 13세기 말 탐라를 고려에 돌려주었지만 말을 계속 공납받았고 몽골인 목동들도 계속 남아 있었다. 명이 말 2,000필 공납을 요구하자 몽골 목동들이 반란을 일으켰다. 고려 조정은 최영 장군을 시켜 대규모 진압군으로 진압하였다.
('애기구덕'과 '물허벅'은 몽고의 영향이며 '몰테우리'의 '테우리'는 몽고어의 영향이다.)

** 이렇게도 지렇게도 못 하여.

## 하얀 족속 3
—죽은 자들의 부름을 아는가*

고국을 떠난 아방네
조천에서 오사카로 가는 직항
그래서 사십여 괸당들도 오사카를 거쳐
도쿄 근방의 아사쿠사로 갔다
하루는 하르방이 괸당** 아지방들과 화투만 치길래
"이 사람 잡아갑서, 온종일 노름만 햄수다" 하고
할망이 경찰서 앞을 지나며
일본 순사들에게 소리친 적도 있다 한다

"괸당 괸당 불한당
아들 아들 도깨아들
매누리 매누리 쥐매누리
대천 바다 미역귀
얼레기 청빗 똘똘이"

산 자들은 죽은 자들을 배 속에 매장했다
몸 안에 외지인이 상륙하면 곧
착하디 썩은 율도 따로 던져 놔야 한다
이역 하늘에 비친 제주댁 자손의 운명
게으름과 오만함의 삶은 어리석은 짓이다

잘 가라 식민 시대 혈통이여

순수한 고통으로 나태의 시간을 잊고

자존의 삶을 위해 꿈꾸던 풍요

언제나 궁휼의 징검다리 건너니

뜨거운 햇살 아래 묘지의 풀들이 소낙비를 기다린다

새처럼 날아갈 소원을 들어주신다면

육 세기 너머 입도조의 선조의 말씀처럼

세상에 밀려온 것이 세상 밖으로 나온 것이라고 말하리라

영등제, 바람의 신은 숨은 꽃을 날리고

나는 돌레떡을 먹으며 조드는*** 제주어를 사랑할 것이다

언제나 울타리로 살다 갈 것이다

* 1차 세계대전을 거치면서 일본은 세계의 군수물자를 생산하였다. 저렴한 조선의 노동자들을 채용하였으며 제주 인구의 1/4이 일본으로 떠났다 한다.

** 『제주 민요고』(양계경, 1984)에 나오는 '핀당'이 제주어 권당이다.

*** 조드는: 걱정하며 재촉하는.

## 하얀 족속 4
—천주교도의 피와 유림의 피

제주도의 난亂은 유림촌의 관행이다
할머니는 죽고 나서 천주교를 믿었다
묘비에는 박 카타리나라고 쓰여 있다
천주교 신자인 샛아버지*
4·3 후 떠난 지 사반세기 넘어 일본에서 돌아왔다
작은아버지도 천주교라 그렇게 비석을 세웠다
천주교도의 피와 유림의 피가 내 몸에서 일어나 싸운다
성령이 가까이 있다고
영혼에 고귀함과 자유를 주었다고
천주는 왜 돕지 못했나
그렇지 마리아의 복음서가 아니다
부처의 자비와 천주의 영령을 위해
할머니가 믿는 건, 당의 심방이다
조상 제사와 벌초, 유림의 포제만을 기다리니
나는 영원한 하얀 족속에 속한다

* 샛아버지: 제주어로 아들 3형제 이상 중에서 둘째 큰아버지. 쉿(사잇)아방이라고도 한다.

## 세상의 온갖 빈궁이 불타고 있다

할망의 슬픔을 담아 놓은 항아리
거미줄이 쳐지고 빗물이 고여 있다
어떤 자기과시를 평생 고집해야 하는가
어떤 자긍으로 피의 올레를 걸어가야 하는가
하지만 이곳에서 영등물이 성세기물이
절망의 구렁텅이에서도 그냥 합해지다니
역마살로 달리는 바람보다도 힘이 센
여행자보다도 훌륭한 추종
그러나 그건 주검과 동반한 인내였다

"이여도 허라 이여도 허라
이여 이여 이여도 허라
이엿 소리에나 눈물 난다
이엿 말랑 말앙근 가라
강남을 가컨 해남을 보라
이여도가 반이엥 해라"

겨울밤 제주에는 옷도 밥도 없는데
무진년에는 마구간이라도 마구마구 좋아
헛간이면 헛헛하여 더 좋아

가마니와 보릿짚, 조짚, 돼지 움막집에서

여기까지 왔구나

그건 짐승같이 강한, 인간의 대지에서는

진흙이 짓누른 피로 사람이 붉고 검게 보였다

남정네들은 다 몰살되고

외곽 성에서 민보단* 당번 처녀들이 소리를 친다

왼쪽 오른쪽에서 천둥이 수없이

세상의 온갖 빈궁이

무장대원과 토벌군에 의해 불타고 있다

* 4·3의 소용돌이 속에서 주민들이 입산하거나 다른 곳으로 피신하여 남자들이 부족하자 15세 이상 ~ 65세 미만 남녀 모두에게 향토방위의 의무가 부과되었다.

# 우리는 굿판의 구경꾼이었다*

안개 낀 바다에서 물새들이 이내 속삭였다
파도와의 동반 여행은 금지
징용, 징병으로 끌고 간 것도 모자라
어린 학생이나 노인들을 강제 동원하여
산지항, 정뜨르비행장, 모슬포비행장에서 노역을 시켰다
일본 놈들은 전부 십장질 하고
허리라도 펴려고 잠시 일어서면
몽둥이로 무자비하게 갈겨 버리더라
까악 까악 까마귀는 고통 속에서 노래하는 종족이다
이 세계는 미치광인가, 모사꾼인가, 장사꾼인가
정의롭다고 하면서도, 도덕적이라면서도
인간적이라면서도, 양지 녘의 묘지에 묻히는 것조차도
이제는 탐욕스럽게 되다니
절대자여, 신부님, 목사님, 스님들과 정부는 복사품이다
모두가 화병과 암을 품고
넋 들일 심방이 우리를 굿판에 넘겼다
설룬 혼령들이여, 이승에서 볼모로 잡혔구나
불구의 광기로 돌아다니고 있으니
누구든 진정한 순년旬年의 저 별에 그냥 들어가질 못하리
토끼섬을 하얗게 뒤덮은 꽃을 이젠 믿지 않으리

푸른 염원에 씻겨 가는 하얀 아우성
겨울 가슴에 실핏줄로 차오른다

* 일본은 전쟁의 패색이 짙어지자 1945년 초부터 제주도를 일본 본토 사수를 위한 최후의 보루로 삼아 관동군 등의 정예 병력 약 7만여 명을 주둔시켰다. 제주도민들을 징용하여 강제 노동으로 군사시설을 구축하였다.

# 문주란의 꽃말을 믿지 않는다

나 역시 섬처럼 헐벗었다
그것은 어린 시절의 약속
그 시절 늙음과 죽음으로 맺힌
할망과 아방 어멍이 내게 힘을 주셨으니
운명을 배에 태우고 나의 별에 귀향을 준비하리라
구원보다 놀멍 쉬멍
성산 일출봉이 보이는 '광치기 해변'* 에 닿기를 원한다
그런 섭지코지 등대가 보일까
붉은 심장과 오름, 검은 모래의 피어린 발자국
노란 유채꽃의 어우러짐에
사랑은 서러운 선녀바위 전설로 굳혀졌다
우리들의 지난 이야기
누구나 늙은 종소리 경멸을 받아먹는 개 밥그릇
빌어먹을 양심이라 한다
꽃이 핀 소철의 자리에서 바다를 향해 포효하는 듯
용왕의 노여움이 굳어 버린 괴물 형상이다
일출의 시각에도 확실한 표상이라고 말할 수 없다
길은 검은 상처에 의해 바위로 열린다지만
섬의 꽃들은 역사가 혼절할 때 우는 울음

* 광치기 해변: 바다로 출항한 남자들이 태풍으로 많이 죽었다. 그 시체가 해변으로 많이 밀려오면 그곳에서 관을 짜서 시신을 수습하던 해변이라 관치기(광치기) 해변이라 했다.

## 달빛 혁명은 탈출이다

섬사람들은 패배를 삼킨 순간마다 산山 이야기에 숨죽인다 김녕리 외곽성을 지키던 민보단 아녀자들이 섣달 그믐에 잡혀갔다 1954년 2월까지 억류된 사람이 9명이다 두목 김성규, 키 작은 이 사람이 두어 달간 학습 교육을 가르쳤다 한 번은 '우리 눈치 보앙 모두 도망허게'라고 쓴 공책을 연필로 박박 지워버렸는데 ~허게란 글을 산사람이 흘끔 보곤 "이게 무슨 뜻이죠? " 하니 "아, 네 우리 열심히 모두 공부허게"라는 뜻입니다 가슴 덜렁 요망지게 말했는데 잠시 후 와서 "공책 다시 봅시다" 하길래 "아이구 예, 불쏘시개로 다 살라 버려수다게" 하고 말했다 '기다리다 보면 남로당이 육지 다 점령하면 비행기로 우리네들 실으러 온다'라고 안 믿어지는 희망을 산사람은 매일 말했다 산사람에게 잘 보여서 민가로 습격할 때 데려들 가면 고팡이나 정제에라도 숨어야지 하는 어멍의 무용담, '혁명은 탈출이다' 생각하다가 권총의 세례식을 보았다 "집에 가고 싶은 사람, 손들어!" 산사람이 말할 때 "좋았어, 보내 주지" 으스스한 눈빛에 순간, 일어서다 모두 앉았다 영자는 말했다 "정이가 집에 안 가면 나도 안 갈래" 한라산 중턱에서 끝까지 집으로 간다는 순자는 가슴에 은총을 한 방 맞았다 돌아온 산사람, 땀 흘린 얼굴 백지장이 푸르렀다 죽음이 비껴간 눈 덮인 한라에도 처녀들의 선홍빛 핏자국은 봄마다 물들여졌을까 어둠이 섬을 포위하고 폭설이 동굴 속을 막을 때, 토벌군에 쫓겨 끌려간 사람들이 말과 소와 함께 달리는 밤, '소보다 말이 더 빨라, 말과 함께 달려 가쿠다게', '달그락 그릇 짐 대신 삶은 돼지고기 짐 지엉 먹으멍 가쿠다게' 손목을 잡고 감시하던 한순애* 언니의 손을 뿌리쳤다 산은 성난 눈동자로 뒤돌아보다 순간 옴팍 빠진 구덩이에 숨었는데 조짚 눌 뒤 토벌군의 총소리, 탕! 탕! 탕! 유성이 떨어진다 이추룩** 죽는구나 눈이 가물가물……, "여기! 사람 이수다" 총부리 토벌군 위로 눈이 마주쳤다 "앗! 노무리 동네 오빠다, 오빠! 나, 정이우다게" "아! 너네 아방 너, 찾아 주렌 허드라" 4 · 3의 전리품으로 상을 받는다는데, 토벌군 가마니 속의 두골은 수박들인 줄 알았다 다음 날 도청 지서에서 순사와 기자들이 몰려들고 한라산에 뿌려졌던 삐라, 삐라, '한 사람이 돌아왔다 투항하라!' 죽음의 구름다리 건널 때는 달도 함께 가면 안심이 됩디다게 "우리는 산에 끌려간 사람이지 무장대가 아니우다" 처녀들의 열여덟 살 피어린 숨마냥, 어멍의 여든여덟 살 묘지 풀들이 기억으로 더욱 짙다 "죽은 사람만 보상해 주지 말고 4 · 3 겪으멍 죽을 고생 한 사람들도 보상해 줍서들게!" 한차례 바람이 불 뿐, 질곡의 기억에는 아무 대답이 없다

* 한순애: 조천 출신으로 토벌대에 끌려 간 23세의 제주 여성이다. 1957년 3월 귀환했다.

** 이추룩: 이처럼.

· 1954년 2월

## 가시리의 두 동산

제주 정의현
옛 모습이 성읍 민속 마을이라
4 · 3 당시에는 우뚜리* 가시리에는
사백여 가구 천칠백여 명이 살고 있었다네
입도조이신 한천 할아버지께서 설촌한 마을
남제주에서는 가장 피해가 컸다고 하네
비극은 서북청년단과 충남 부대 대원들이
마을을 불태우면서 시작되었다
갑자기 들이닥친 토벌대
놀란 사람들은 야산에 순비기꽃처럼 숨었고
대다수 주민은 일가족이 모두 없다 하여
도피자 가족이라 하여 현장에서
시신이 난무할 정도로 총살을 당했네
가시리의 두 동산
마두릿동산과 고야동산은
4 · 3 당시 경찰이 오면 검은 깃발을
군인들이 오면 노란 깃발을
마을에 위험을 알렸다 하네
15살 이상 사람들은 버들못에 끌려가서 총살당했지
죽은 어미젖을 빨며 우는 아기도 죽였다

그걸 보고 겁에 질린 주민들에게 손뼉 치게 하였다
구순 외할망께서 사상이 제일 무섭다고 말한 적이 있다
절간 고구마 창고에 집단 수용되었다가
거의 매일 표선리 한모살 백사장에서 학살되어 간
낮에는 노란 총소리, 밤에는 검은 총소리
삶은 소낙비 한번 쏟곤
산 너머로 떠날 뿐인데 망자의 유언
'나의 비명에는 내가 빨갱이가 아니다'로 써 달라

* 우뚜리: 중산간 마을.

· 1948년 11월 15일.

## 곡비로 혼령을 불러 모아 춤을

조상 묘를 찾지 못하던 어느 봄날
싸늘한 주검이 된 어미의 젖을 빠는
너븐숭이 터를 밟지 마라
푸른 바탕의 산에 노란 무늬들이 줄지어 피면
나선형으로 돌아오라는 할머니 말씀
가마니에 덮인 시신에서 목숨 수壽를 알았다 하자
뭉게구름 악보가 빗방울로 곡을 부르랴
그 밭에 가면 할머니 문양이 하늘거린다
바다가 보이는 언덕에 조각배 풍경
까마귀 나는 날 무녀를 따라간 사람들
붉은 심장 해당화 얼굴 압화 기법
풍경 위로 갈중의 입고 옻칠을 하면 기억이 반짝반짝 빛이 난다
해변의 섬은 모자섬
그물이 바람을 낚는 섬
정방폭포에 떨어뜨린 총구 앞의 넋들
물새는 바위섬만을 사랑해 울고
하얀 조랑말은 유채꽃 핀 갯가에서 물새를 바라본다

# 이상하게 곳곳에 살아남은

21세기의 아들과 처음으로
제주도 둔지봉 오름에 벌초하러 갔다
아비의 삼대조가 나란히 누워 계시니
시간이 사방연속무늬로
우리 앞에 바닥에서 누워 계신 것이란다
광대뼈와 아귀턱 매부리 콧날
외고집과 싸움에 서투름
조상의 유전자인가
나는 명예를 허영으로 걸치장을 하였던가
아들아, 조선 초 입도조 할아버지께서는
체재에 반역하여 대역죄의 분노를 받았다
내 손은 문약하여 이렇듯 길고 하얗다
선비 근성이 도를 넘었다
위대한 노동의 손을 갖지 못했다
안일과 게으름은 이 손에서 왔다
빈자는 순수하고 정직하다 해도
온 기교로 살아남아 여생은 고달퍼
지금껏 부끄럼을 이끌어 보호하게 했다
모든 굴욕과 음욕을,
살기 위해 내 몸을 움직이다가도

종달새마냥 한나절

퍼런 하늘 구름을 물고 다녔다

## 오랜 아픔을 푸른 영상으로

이 섬과 토속 정신 이전보다
더 오랜 아픔을 현상하고자 한다
이 과거 속에서 계속해서 다시 보게 되리
하지만 이 지방의 사람도 육지 사람도 아닌
과일 껍질을 벗겨 보듯 다디달게 녹은 자
중국 본토와 외지인들이 이곳에서 물결치니
지금 섬사람들은 어느 지방의 정서를 가져가나
당신들의 흘림체 문서와 일용할 곡식에 영혼을 팔았다
육체를 위하여 당신들의 영혼을 바꿨다
오직 생계를 위하여 불안 해소를 위하여
오늘에서야 비로소 되찾으려고 할 뿐이다
섬은 폭풍치듯 오로지 투쟁만 있다
바다는 진노함이 모든 것을 보상했다
흔히 말하듯 마을을, 묘지를, 정신을
실용의 이름으로 합리적인 경제의 이름으로
섬은 흔들리는 처형대의 눈동자를 기억하려다
우리가 고할 마지막 방언은 잊은 것인데
당신들의 영령은 왜
이 섬의 톱니바퀴로 여전히 돌고 돌기만 하는 것일까
결국 모형문화에 대한 비전이다

이건 신탁이다
이것은 미사여구가 없으면 설명할 수 없으므로
우리는 당신들의 과거를 전시하여 여행하고 있다
영령은 영원한 관광 안내원이다

## 둔지봉 가는 길

평대리 비자림
확장 공사를 한다면서 벌목이 진행되고 있네
가슴 가운데를 칼로 쭉 잘라 내는
삼나무 길 훼손
그 옛날
서복이라는 사신이
진시황의 불로장생의 영약을 구하러
동남동녀를 거느리고 왔다
영주의 삼신산이 한라산이라
영지버섯, 금광초를 구하고
정방폭포 암벽에 서불과지徐市果地*라고 썼다
일제와 미군정, 중국이 등장한 제주 역사
중국인 투기에 꿩이 놀라 날아간다
난개발, 토지가 상승, 육지에서 귀향
바람에 날릴 모래 더미
삼다여 삼무여 XYZ만 있고
나도 너도 그도 없나
구한말 의병 일으켰던 면암 최익현
가시리 한천 방묘에 유허비를 남기다
'공께서 향약을 세우고 선비를 가르치니 이 섬에 점점 학

문이 일어났다'

　비자림 향기 생명의 문

　용암굴과 너럭바위

　구럼비와 그 앞 바다

* 서불과지徐市果地: 서복이 서쪽으로 돌아간 포구, 서귀포 지명의 유래.

## 가난한 꿈이 이뤄지기를 기다렸다

바다 공기가 폐를 불태우면
게걸스럽게 돼지 불알 까기
거름 매기, 고기 낚기, 말똥 주으러 가기
4 · 3 제삿날 저녁에 마을이 불 밝혀지면
무장대원과 토벌군, 누가 더 죽였나 하는 이야기
산에 갔다 온 사람 이야기, 아슬아슬 죽어 갈 때 이야기
소주를 마시며 44 · 33 논쟁하다 싸움하는 어른들 구경하기
해병대 구축함이 제주 상륙 부결된 이야기
아방, 소년병에서 살아나고 어멍, 4 · 3에서 살아나다
나는 기억하네, 1976년 이란 이라크 분쟁
11개월간 나포된 선박 크리스탈 르얄crystal leaul호
일주일간 휴가 후, 자식 교육비를 벌기 위해 다시 승선한
아방의 마지막 전화
"나, 잘 다녀올게"
어멍은 불안했다.

오랜 항해를 끝내고 영도다리 옆의 시신 안치실
청년기에 본 망부의 마지막 모습, 수염이 아직도 생생하다
당신의 위엄을 보고 사람들은 강한 종족이라고 판단하리
청년기부터

하늘에 올라가서 나를 깨우고 뒤엎고
끌고 가는 덕과 업
폭풍 속에서 분노의 영령들과 빗방울을 마신다

아방의 44살 묘,
다시 44년 만에 이장하는 12월, 아내가 차린 제상에 까치들이 날아들 때
장자의 눈을 하고 다시 보았다
고통을 푸는 생의 열쇠인가
겨울 햇살이 눈부시다
황토 흙 사이사이 유골
하얀 건치가 먼저 반짝였다
함께 묻힌 와이셔츠 아직도 초혼을 부른다
국립 현충원 묘역, 재종在宗
장자의 눈을 하고 다시 보았다 경용卿鏞
충무무공훈장을 함께 든 승承 자 돌림의 손자녀들
터널 속 무거운 짐을 지고 빠져나온
88세 어멍의 묘 함께 햇살이 비스듬히
안식의 영령들과 마실 성하盛夏의 빗방울

## 그 섬은 지금 여기에 있다

눈 덮인 한라산을 돌다
움푹 빠진 4 · 3 구덩이
어멍의 섬은 여기에 있다
해병 4기로 자원한 학도병 소년
인천 상륙 작전 참호 속에 그린
아방의 섬은 여기에 있다
그 섬은 살아 나온 사람들의 돌무덤 터
전쟁에서 돌아온 물 빠진 군복
아기의 기저귀
봄 바다에 함께 씻고 있을 무렵
파도는 몰려와 철썩철썩 섬을 때리고
돌멩이밖에 없는 밭 마지기에
총알들이 눈꽃처럼 떨어질 때
홀로 뿌리며 거두어들인
빳빳하게 고개 쳐든 할미꽃은
할아범의 묘를 찾아 돌침대를 이루었는가?
검은 암벽의 해안선 위로
해녀들의 물 젖은 숨비소리
먼바다에서도 들리는 흑비둘기들의 떼울음 소리
날갯죽지가 부러져도

가지에 둥지를 트는

성세기 해안은 여기에 있다

## 오시리

시간이 더해져 가시리
따라오름 풍력발전소
쫄븐 갑마장길에 태양광발전소
여기에서 해오름은
떠나간 이들의 손길
저기서 도는 풍차
한 오백 년 묵힌 바람
유월이라 하늘 오시리
역사의 수레바퀴
거기 갑선이오름
이곳 제주 바당에도
알람 시계를 두고 간다

## 남영호를 아시나요?

그날
그 남영호 사건이
대한민국 건국 이래 최대의 해상 조난 사고였고,
갖가지 요인이 총망라된 종합형 인재 사고였다는 것을.
그리고 이날 이때까지도
정확한 탑승자 수와 희생자 수가 밝혀지지도
그 어떤 보상이나 위령 사업도
제대로 이뤄지거나 진행되지 않고 있다는 것을,
우리는 많이들 모르고 있을 것이지요.
1970년 12월 14일 오후 4시
제주 서귀포항에서 출발해 성산포항을 거쳐
338명의 승객과 543톤의 화물을 싣고 부산항으로 향하던 남영호,
15일 새벽 2시 5분경 여수 소리도 앞바다에서 침몰한 사건을
부산 영도의 집에서 오전 느지막이 라디오 방송으로 들었지요.
건국 이래 해상 참사 중 가장 많은 인명 피해를 낸 최악의 사고
323명이 사망하고 겨우 15명만 구조되었던(1971년 부산지방해난심판원 재결문).

그러나 남제주군 조난 수습 대책 일지에는 사망 326명, 생존자 12명으로 기록되는 등

조난자 규모는 여전히 논란의 여지가 있다지요.

선령 2년의 남영호는 362톤급 선체도 큰 편이었지만

무리한 과적, 정원 초과, 불법 선박 개조, 항해 부주의,

감독 소홀 등 안전 불감증과 선주와 권력의 유착,

정부의 늑장 대응이 빚은 전형적인 인재人災였다는데.

연말 성수기를 앞두고 감귤, 배추 등 정량의 4배가 넘는 화물

제대로 결박도 하지 않은 채 마구 실었고

성산포항을 떠날 때부터 좌현으로 10도 기운 상태였다는데.

승객 64명은 승선자 명부에도 없었다는데.

선장과 통신사는 무자격자였다지요.

사고 직후 남영호가 발신한 긴급 구조 신호

국내에서는 단 한 곳도 포착하지 못했고.

그나마 신호를 수신한 일본 어선들이

자국 순시선에 알리면서 조난 사실이 전해졌다지요.

일본 측은 오전 9시부터 낮 12시 30분까지

한국에 계속 무전을 쳤지만 응답이 없었고.

일본 해상보안청은 순시선을 현장에 급파했다지요.

교도통신이 특종으로 전 세계에 사고 소식을 타전했고,

국내에서는 오전 11시에서야
라디오방송을 통해 긴급 뉴스로 보도되기 시작했다 합니다.
교도통신 뉴스가 나온 후에도
한국 해경 등은 '연락 받은 바 없다'는 입장만 되풀이했고
결국 한국 해경이 출동한 시각은 오후 1시로
일본의 순시선 파견보다 4시간이나 늦었는데.
골든타임을 한참 넘기고
사고 해역에 도착한 한국 해경이 구조한 사람은 오직 3명
일본 측이 8명, 한국 어선이 1명을 구조한 뒤였다지요.
한국 정부는 열흘도 안 돼, 시신과 선체의 인양을 포기하고
12월 28일 서귀포에서 시신 없는 합동 위령제를 지내
유족들의 분노를 샀다는데.
당시 인양된 시신은 고작 18구,
나머지 300여 명은 시신 없이 장례를 치렀다 합니다.
그때 탑승했다가 구사일생으로 살아난 몇 안 되는 생존자들
한평생 그날 한밤중 칠흑 같은 밤바다에서 살 떨리는 추위
에 떨던
그 기억에서 벗어나지 못하고 있다는 것을,
이듬해
1971년 서귀포항에 위령탑이 건립되었지만 항만 확장공사로

1982년 중산간인 상효동으로 옮겨져 오랫동안 방치되었다지요.

유족들의 요구로 2014년 정방폭포 해안에

'남영호 조난자 위령탑'으로 다시 세워졌지만.

2020년, 50주기를 맞은 남영호 사건.

아직까지 정확한 탑승자 확인이나

희생자 보상, 위령 사업 등이 제대로 이뤄지지 않고 있는 영령,

세월호의 서막이었나,

오늘도 정방폭포의 울음으로 들려오고 있어요.

해 설

# 모자이크로 완성된 제주 민중사와 청주 한씨 서재공파의 족적

—한경용의 시집 『귤림의 꽃들은 누굴 위해 피었나』에 대하여

홍기돈(가톨릭대 교수, 문학평론가)

## 1. 작법의 특징: 주석의 서사성과 빙의의 서정성

지금과 같은 '근대 민족국가' 개념에 근거해서는 제주의 역사를 제대로 이해할 수 없다. 예컨대 고종은 1897년 대한제국을 선포하면서 식민지로서의 제주도를 상기시키고 있다.[1] 제국으로서의 근거를 강조하기 위한 방편이었을 터인데, 이로써 부각되는 것은 조선 시대 내부 식민지로 취급당해 왔던 제주도의 처지이다. 한반도와 사뭇 이질적인 제주도의 문화 또한 지리적인 조건 탓으로만 돌

1. 『高宗實錄』, 光武1年(1897) 10月 13日.

릴 문제도 아니다. 섬을 뇌옥 삼아 제주인을 가두었던 2백여 년 동안의 출륙금지령出陸禁止令(1629~1823)이 이를 상징적으로 드러낸다. 반면 한반도가 겪었던 곤란은 제주섬에서도 똑같이 펼쳐졌다. 1555년(명종 10년) 5월 전라남도 영암 · 진도 · 장흥 · 강진 · 화순 일대를 침략했다가 격퇴된 왜구들은 6월 제주도로 들이닥쳤으니 한국사에서는 이를 '을묘왜변'이라 한다. 1552년(명종 7년) 벌어졌던 제주의 '천미포왜변'은 을묘왜변의 전사前史라 할 수 있다. 전근대 민족국가의 체계에서 제주도의 상황은 그만큼 복잡다단했던 것이다.

한경용의 『귤림의 꽃들은 누굴 위해 피었나』(이하 『귤림』)는 복잡다단한 제주사를 끌어안고 있다. 1392년 청주 한씨 입도조 서재공恕齋公 한천韓蕆의 '가시리加時里' 설촌에서 시작하여 1970년 '남영호 침몰사건'(『남영호를 아시나요?』)까지 이어지고 있으니, 시집이 대상으로 삼은 것은 고려 말에서 근현대에 이르는 동안의 제주 역사이다. 그렇지만 시인은 사건의 전말을 부각시키는 대신 사건에 대한 화자의 감정을 각 시편의 중심에 배치해 나아갔다. 서사시가 아닌 서정시 갈래를 취한 것이다. 『귤림』의 두 가지 특징은 이로써 말미암고 있다. 첫째, 표출된 화자의 감정이 공감을 불러일으키기 위해서는 사건에 대한 이해가 선행되어야만 한다. 이를 위해서는 생소한 제주 역사에 대한 정보 제공이 뒤따를 수밖에 없다. 주석 작업이 요청된다는 것이다. 주석을 시적 장치로 적극 활용하는 면모는 한국문학에

서 쉽게 볼 수 없는 시도이다.[2]

둘째, 역사적 사건과 시인 사이에는 간단하게 뛰어넘을 수 없는 시간적 거리가 펼쳐져 있다. 그런데 서정시 갈래의 효과를 살려 감정의 생동감을 확보하기 위해서는 역사적 사건의 현재성을 확보해야만 할 터, 시인의 감정이 직접 표출되어서는 곤란할 수밖에 없는 『귤림』의 딜레마가 이 지점에서 발생하는바, 시인은 타개책으로써 자신의 목소리에 타인의 의장을 걸쳐 입히고 있다. 즉 시인의 감정이 청주 한씨 선조 가운데 한 사람의 시선과 목소리를 빌려 토로되는 양상은 생동감 및 현재성을 확보하는 방편이라는 것이다. 마치 무당이 자신의 몸을 신 혹은 망자에게 내주는 것처럼, 시인이 자신의 몸을 선조에게 맡기어 당시의 사건 현장에서 자리를 마련해 낸다는 점이 『귤림』의 두 번째 특징이다.

『귤림』은 시간의 흐름에 따라 총 4부로 구성되었다. 제1부는 조선 건국에 반발하다가 제주도로 귀양을 온 한씨 입도조의 가시리 설촌으로부터 출륙금지령이 시작되는 1629년까지다. 제2부는 광해군의 제주 귀양에서 시작되고 있는바, 출륙금지령 당시의 사건과 문화가 그려지고 있다. 제3부에서는 전근대에서 근대로 이행하는 시대의 혼

2. 주석을 활용하여 성공한 사례로 단테의 『신곡』을 꼽을 수 있다. 시 장르가 생략할 수밖에 없는 인문학적 지식이라든가 인물·사건에 관한 정보가 주석으로 제공된 것이다. 인물·사건에 관한 정보는 시에 서사성을 부여하는 효과를 불러 일으키고 있다.

란과 이에 맞섰던 인물과 사건이 부각된다. 김민딕, 정난주, 양제해, 김정희, 강제검, 방성칠, 이재수, 법정사 항일운동, 조천 만세운동, 아나키스트 활동, 잠녀 투쟁이 이에 해당한다. 제4부는 4 · 3을 중심으로 하는 해방 이후의 제주사다. 제1부, 제2부에서 유배지로서의 상황이 강조되었다면, 제3부와 제4부에서는 자연적 · 시대적 조건에 적극 맞서는 제주인들의 면모가 뚜렷하게 새겨져 있다. 그러니까 시집의 전체 흐름은 제주인들의 능동성이 점차 폭발하는 양상으로 이어졌다고 할 수 있겠다.

'해설' 명목으로 작성된 이 글은『귤림』의 주석을 보충하는 역할을 한다. 주석에서 미처 전달하지 못한 인물 · 사건에 관한 정보를 덧붙이는 한편, 시편을 둘러싼 제주 역사의 흐름을 거칠게나마 환기시킴으로써 시 이해를 돕고자 했다는 것이다. 2장 '유배의 땅, 제주'에서는 제주도로 유배 왔던 인물들을 ① 객客의 입장으로 머무르다가 떠난 사례와 ② 유배인의 후예가 제주도에 뿌리를 내린 사례로 나누어서 살필 것이다. 3장 '출륙금지령과 제주 문화'에서는 출륙금지령의 공포 과정, 그리고 출륙금지령으로 인해 형성되고 있는 제주 문화의 면모를 정리해 보고자 한다. 4장 '죽음으로써 삶의 근거를 확보하였던 장두들'에서는 제주도가 만들어 낸 장두의 특징을 정리할 것이며, 5장 '국가의 환란과 제주인의 민족의식'에서는 국가의 위기 상황을 제주도가 어떻게 함께 끌어안았는가를 다루고자 한다.

6장 '대립 구조를 해체하며 이어지는 민중의 생명력'에서는 『귤림』 전체를 가로지르는 작가의 의도를 정리할 것이다.

## 2. 유배의 땅 제주

### 2-1. 유배객流配客 면면: 송시열, 박문수, 김정희 그리고 광해군

『귤림』에는 제주도로 귀양을 온 인물들이 등장한다. 송시열(「뭍으로 가는 아침 하늘」), 박문수(「날개를 자른 제비처럼」), 김정희(「바람을 안은 집에서 세한도를 보네」) 등이 언급되는데, 이들은 다시 중앙으로 돌아갔다. 중앙 권력에서 밀려나 제주도로 유배 왔을지언정 이들은 모두 성리학자였다. 당대 동아시아의 위계적인 질서 관념에 입각해 있던 그들에게 제주도는 그저 멸시해야 할 대상에 불과하였다. 성리학 이념과 질서가 제대로 작동하지 않았던 제주도를 일본과 다를 바 없는 오랑캐 땅이라 여겼던 것이다. 예컨대 추사가 남긴 편지들을 보면, 그가 제주도의 '야만적인' 풍토와 문화를 얼마나 지긋지긋하게 여겼던가를 확인하게 된다. 「날개를 자른 제비처럼」의 "바다 건너는 모두 오랑캐"라는 진술은 이와 같은 당대 성리학자들의 인식을 겨누고 있다. 그러니 이들 성리학자들이 "변방의 어리석은 자들을 위해/ 정직에 의한 기상의 도야"를 떠들고 가르치려 들었던 것은 당연하였다(「뭍으로 가는 아침 하늘」).

한경용은 유배객들이 펼쳐 놓는 담론의 한계를 적실하게 지적해 두고 있다. 제주 현실의 구체성과 유리된 보편 이념의 강변은 삶의 실감을 놓칠 수밖에 없을 터, 그는 송시열 등이 "조천 해안가/ 해국海菊의 슬기는 가르쳐 주지 않았다"라고 지적하는 한편, 자신들만이 옳다고 자부하는 태도에 대해 "지나친 독선과 흑백논리에 빠져" 있다고 비판하고 있다(「뭍으로 가는 아침 하늘」).

제주인과 그 문화를 야만스럽게 여길수록 지식인으로 자부했던 유배객의 고립감은 더욱 절실해졌을 텐데, 그나마 그네들에게는 정세 변화에 따라 중앙으로 되돌아갈 가능성이 열려 있었다. 그렇지만 광해군은 제주도에서 죽음을 맞이해야만 할 운명이었다. 더군다나 살아 있는 동안에는 위리안치圍籬安置라고 하여 탱자나무 가시를 둘러친 처소에 갇혀 생활해야 했다. 다른 유배객들에게 거리를 두는 시인은 광해군에 대해서만은 동정의 목소리를 내고 있다. 임진왜란 당시 펼쳤던 "분조分朝의 책무에 나라 돌며 민심 수습/ 군아 모집, 왜군 대항 적극적인 처사", 국왕 시절 "명, 청 사이 등거리" 외교의 실리에 동의하기 때문인 듯하다(「월광 속에 굴러다니다」). 그래서 시인은 "귀양선이 어등개 포구에 도착하는 날" 포구로 나아가 폐왕의 처지에 이입하여 "아직도 끝나지 않는 육지가/ 승자의 몫이라면 섬은 패자의 몫"이라고 한탄하는가 하면, 「월광 속에 굴러다니다」에서는 위리안치에 처한 광해군의 심정과 동일화되어 "뭍은 섬을 차단하고 섬은 나를 차단"하고 있다고 진술하는 데까지 녹아들고 있다. 그렇지만 광해군 또한 어찌할 수 없이 물 위에 뜬 기름인 양 제주 섬을 겉도는 외지인에 머물렀을 터이다.

### 2-2. 제주도에 뿌리 내린 유배객의 후예들: 청주 한씨의 경우

'서재공 한천'은 불사이군不事二君을 내세워 이성계에게 반발하다가 1392년 제주도로 유배되었다. 성리학 명분에 충실하였으되 권력을 잡지 못한 까닭에 중앙에서 내쫓긴 것이다. 한천뿐만 아니라 그의 자손들은 중앙으로 돌아가지 못하였으니, 한천은 입도조入島祖로 자리하게 된다. 시편들을 써 내려간 한경용 또한 한천의 후손이다. 이처럼 제주도에 뿌리를 내렸던 까닭에 『귤림』의 청주 한씨들은 조선의 유배객들과 의식 구조가 다를 수밖에 없었다. 시인은 한천 후예들의 의식 변화 양상을 세 단계로 설정하고 있다.

한천, 한말, 한권, 한남보에 이르는 4대까지 절실하게 표출되는 것은 중앙으로부터 축출된 데 따른 패배감, 절망감이다. 예컨대 「가시리」에서 마을명 '加時里'는 '嘉時里'로 변주되고 있는바, 이는 '加時里 vs 嘉時里'의 대립 가운데 즐거운 시간(嘉時)을 누리고 있는 가시리 바깥 세계에 대한 단절감 · 패배감의 표현이라 할 수 있다. 「송악의 달은 '따라비오름'까지 따라온다」에서 한말 또한 역사로부터 퇴장당한 상실감을 "이미 뭍의 이름에서 기록이 지워졌다"라 토로하고 있으며, 「부용화관의 벽랑궁 공주를 맞듯」의 한남보는 존재의 혼란 속에서 "나는 없다 고로 있다"라고 반복하고 있다. 여기서의 '없다, 있다'는 명분과 권력의 불일치를 겨냥하고 있으며 동시에 그에 따른 극복할 수 없는 중앙 권력과 유배지 사이의 아득한 거리를 담아내는 장치이다. 대의명분을 지켜 내고 있는 자가 마땅히 품을 만한 절치부심이 "후손이 진검을 꺼내는 날 나는 있다 고로 있다"라는 사필귀정의 결말을 향하지만, 역사의 흐름이 그리 순탄치 않았음은 우리가 이미 알고 있는 바다.

한남보의 절치부심은 유배객으로서의 원망이 하등 소용없어지는 상황을 인정치 않으려는 오기의 산물일 성싶다. 남보가 "제주 고씨 처녀랑" 결혼한 데서 알 수 있듯이, 한천의 후예들은 이제 제주도에 뿌리 내릴 수밖에 없었기 때문이다.[3] 한씨 가문의 토착화 과정은 순탄치 않았다. 예컨대 "영신교위부사"(무반에게 부여되는 '종5품 하계'에 해당하는 관직)를 역임하고 "아들 다섯에 아흔일곱 수를" 누린 「아

3. 이러한 맥락에서 한남보가 등장하는 시의 제목이 「부용화관의 벽랑국 공주를 맞듯」이라는 사실에 주목할 필요가 있다. 탐라 시조 양을나, 고을라, 부을라는 바닷가에서 궤짝을 발견하였는데, 궤짝에서 벽랑국의 세 공주가 나왔는바, 고·양·부는 이들과 혼인하였다. 남보 대에 이르러 상경이 불가능하리라 판단하였을 터이기에 시인은 벽랑국 공주 이야기를 환기시킨 것으로 보인다.

비가 되면 누구도 흐뭇해지네」의 화자는 "혼까지 제주 토박이로 굳혀" "더는 뭍사람이 아니라" 자부하지만, 다른 한편에서는 "실성한 공동체에서 나는 능동자임을 포기하네"라는 자포자기의 면모 또한 드러내고 있다. "작고 아주 하얀 처녀를 제물로" 바쳐 "수산진성"을 축성해 낸 제주도의 과거까지 끌어안기를 저어한 까닭이다.[4] 「삼신이 슬퍼 버린 섬」의 화자 또한 지식인으로서 제주 민중 · 문화 바깥에 머물러 있다. 그에 따르면 "제주에서는 나병에 걸려 죽게 되면/ …(중략)…/ 사망하면 시체를 (산골짜기에-인용자) 그대로 버려두는 풍속이" 있는 "해골이 맨땅 위에 나뒹구는" 수준에 머물러 있다. 화자는 "나환자들을 모아 고삼원苦蔘元을 먹이고/ 바닷물로 목욕을 시켜서 거의 다 낫게 하리"라고 의지를 드러내지만, 그의 위치가 민중들보다 위의 계도하는 지점에 설정되었음은 의문의 여지가 없다.[5]

4. 수산진성을 축성할 당시 성이 자꾸 무너져 내렸다고 한다. 이를 막기 위한 방편으로 13세 소녀를 제물로 바쳐 성벽에 묻었고, 소녀의 영혼을 달래기 위하여 '진안할망당'을 만들었다는 전설이 전한다. 수산진성은 왜구를 방어하기 위한 목적으로 1439년(세종 21년) 축성되었다.

5. 시인은 「삼신이 슬퍼 버린 섬」의 시대 배경을 1610년(광해 2년)으로 설정하고 있다. 『조선왕조실록』에서는 1445년(세종 27년) 11월 8일 기사에 비슷한 내용이 등장한다. 여기서는 건의를 올리는 제주 안무사安撫使가 계도자 역할을 담당하였다. "본주本州와 정의旌義 · 대정大靜에 나병癩病이 유행하여, 만일 병에 걸린 자가 있으면 그 전염되는 것을 우려하여 바닷가의 사람 없는 곳에다 두므로, 그 괴로움을 견디지 못하여 바위 벼랑에서 떨어져 그 생명을 끊으니 참으로 불쌍합니다. 신이 중들로 하여금 뼈를 묻게 하고, 세 고을에 각각 병을 치료하는 장소를 설치하고 병자를 모아서 의복 · 식량과

한천의 후손들이 제주 민중의 일원으로 안착한 시기를 한경용은 1702년(숙종 28년) 즈음으로 설정하고 있다. 제주 향토사에서 이형상이 목사로 재임하였던 1702년부터 1703년까지는 상당히 중요할 수밖에 없다. 제주도에서는 '절 오백 당 오백'이라고 하여 무속신앙이 번성하였는바, 이형상 목사는 "오백여 개의 당집과 사찰을 모두 없애니/ 무불시대無佛時代"로 접어들도록 만들었기 때문이다. 모두 없앴다는 것은 시적인 과장이나, 대표적인 사찰과 당집이 불태워진 것은 분명하다. "발타라 존자가 창건했다는/ 영실 존자암이나 장보고의 영화를 간직했던 법화사/ 기황후의 원찰이었던 원당암이 폐사의 운명을 비껴가지 못했다". 이와 같은 상황을 맞아 「이 땅의 토속 신앙을 원한다」의 화자는 어떠한 태도를 취하고 있는가. '나'는 "이 세계의 고유의 정신을 떨쳐 버릴 수가 없다". 그러니까 성리학적 세계관과 제주 고유의 신앙 · 사상 · 문화의 대결에서 후자의 방향으로 기울어진 것인데, 제주도의 상징으로 '궤네깃당'이 언급되고 대목은 눈여겨볼 필요가 있다. 궤네깃당의 당신堂神 '궤네깃한집'은 제주 최고의 무력을 상

약물藥物을 주고, 또 목욕하는 기구를 만들어서 의생醫生과 중들로 하여금 맡아 감독하여 치료하게 하는데, 현재 나병 환자 69인 중에 45인이 나았고, 10인은 아직 낫지 않았으며, 14인은 죽었습니다. 다만 세 고을의 중은 본래 군역軍役이 있사온데, 세 고을의 중 각각 한 사람을 군역에서 면제하여 항상 의생과 더불어 오로지 치료에 종사하게 하고, 의생도 또한 녹용錄用을 허락하여 권장하게 하소서."

징하는 신이기 때문이다.[6] 『귤림』 제1부에서는 침략한 왜구를 격퇴하는 제주 민중의 역사가 줄곧 환기되며, 제3부에서는 중앙 권력의 폭압에 맞서는 장두가 연이어 등장하는바, 시인이 하필 궤네깃한집을 제주의 상징으로 내세운 까닭은 이와 무관치 않을 것이다.

## 3. 출륙금지령과 제주 문화

### 3-1. 제주 경제 구조의 파탄과 출륙금지령

『귤림』 제1부 마지막 시는 「이 세계의 갇힘을 떨쳐 버리고 싶네」이며, 이는 출륙금지령을 다루고 있다. 제주도를 떠난 사람들이 한반도는 물론 "대마도나 중국의 해랑도까지, 도망가서" 숨는 일이 속출하자 단행된 법령이 출륙금지령이었다. 제주도가 한반도와 변별되는 문화를 만들어 나가게 된 중요한 계기인 까닭에 시인은 제1부를 출륙금지령 실시로 마감하고, 제2부에서 제주 문화를 이야기하고 있을 터이다. 출륙금지령을 파악하기 위해서는 제주도의 경제 구조 변화를 이해하여야 한다.

6. '궤네깃한집'의 당신堂神은 『송당본풀이』에서 천자국의 난을 진압하고 귀향한 송국성이다. 어머니 백주, 아버지 소천국이 송국성의 귀향에 놀라 죽자 송국성은 한라의 수호신이 되었다. 그는 돼지 한 마리를 통째로 받아먹는 신이기에 김녕 마을 사람들은 매년 돼지 한 마리를 잡아 제물로 올렸는바, 이를 '돗제(豚祭)'라 하였다.

제주도의 척박한 토양은 농사에 적합하지 않다. 그래서 일찌감치 발달한 것이 교역이었는바, 탐라인들은 한반도는 물론 중국과 일본 등지에서 인기가 많았던 전복을 수출하며 생계를 이어 나갔다. 변화가 생긴 것은 원이 제주도를 직할령으로 삼으면서였다. 1273년 삼별초항쟁을 진압한 몽골/원은 1275년 제주도에 탐라총관부를 설치하였다. 남송과 일본을 견제할 수 있는 군사적 요충지라 판단하였기 때문이다. 원은 백여 년 동안 통치하면서 제주도를 원나라 14대 목장 가운데 하나로 키워 냈다. 목마牧馬 역량이 전래되면서 제주 경제는 비약적인 성장을 거듭했고, 인구가 급격하게 늘어나기도 하였다.

말 산업은 조선 태종 · 세종 대에 이르러 파탄을 맞이한다. 시인은 「버림받은 꽃들이 숨죽인 섬에서」를 통해 1404년(태종 4년) "오랫동안 전래되어 오던 제주의 성주星主, 왕자王子의 칭호가 폐지되다"라고 진술하고 있는데, 이때 성주 · 왕자는 각각 좌도지관 · 우도지관으로 격하되었던 것이며, 1445년(세종 27년)에는 좌도지관 · 우도지관마저 철폐되었다. 이러한 중앙집권화와 함께 진행된 정책이 말 산업을 국가의 통제 대상으로 묶어 버리는 것이었다.

태종은 말의 수효를 마적馬籍에 정리하는 한편 말을 공물로 진상토록 정책을 시행하였다. 1408년(태종 8년) 중앙정부의 체계적인 제주마 수탈이 이뤄지기 시작하였고,

1434년(세종 16년)에는 우마적 사건이 벌어지기도 하였다.[7] 제주 경제는 이로써 파탄을 맞이하고 말았다. 뿐만 아니라 성종(재위 1469~1494) 대에서부터 중종(재위 1506~1544) 대에까지 전염병이 돌고 흉년이 이어졌다. 그래서 살 방도를 찾아 대다수 제주인들은 대마도, 중국 해랑도에까지 숨어들게 되었던 것이다. 상황이 이러하였으니 중앙정부로서는 제주도 방어 및 원활한 준마 공급에 위기감을 느낄 수밖에 없었고, 해결책으로 내놓았던 것이 1629년(인조 7년)의 출륙금지령이었다.

### 3-2. 이형상 목사의 『탐라순력도』 vs 한경용의 「탐라순력」

이형상 목사는 1702년(숙종 28년) 제주도 각 지역을 순시하면서 여러 행사를 거행하였다. 화공 김남길은 이형상 목사의 명에 따라 행사 장면을 41폭 그림으로 옮겼으며, 그가 그린 각 그림 하단에 관련 사항을 간결하게 덧붙여 한 권의 책으로 묶은 것이 『탐라순력도耽羅巡歷圖』다. 당시 제주도의 관아 건물, 군사시설, 지형, 풍물 등이 자세하게 기록되어 있어서 향토사 연구의 중요한 자료로 평가되는데, 한경용의 '탐라순력도' 두 편은 이형상 목사의 『탐라순

7. 말 매매가 금지되자 제주인들은 말을 밀도살하여 그 부산물을 팔았는데, 부산물을 팔다가 관에 검거된 이들이 '우마적牛馬賊'이다. 우마적으로 낙인찍힌 이들은 평안도로 강제 이주당하였다.

력도』를 겨냥하고 써 내려간 작품이다. 『탐라순력도』에 드리운 세계관과 여기에 대한 시인의 입장은 「탐라순력도 1」의 시작 부분에서부터 드러난다.

"한라장촉漢拏壯矚의 중심은 한라가 아니고 한양/ 관덕정 앞에서 북향하는 건포배은乾布拜恩을 한다/ 제주 목사가 신당과 사찰을 불태워도/ 도민의 정신까지 불태울 순 없지" 〈한라장촉〉은 제주도를 그린 『탐라순력도』 첫 번째 그림인데, 지금의 지도와는 달리, 위쪽이 남南 · 왼쪽이 동東으로 그려져 있다. 한양에 위치한 왕이 내려다보는 시각에 따랐기 때문이므로 시인은 중심이 한양이라고 지적하는 것이다. 〈건포배은〉은 이형상 목사가 제주 곳곳의 신당과 사찰을 불태운 사실이 기록된 그림이다. 여기에는 '절 오백 당 오백'의 제주도에 성리학적 이념을 관철시켰다는 승리감이 표출되어 있다. 따라서 〈한라장촉〉 · 〈건포배은〉을 관통하는 것은 중앙정부 중심의 세계관이라 할 수 있겠는데, 한경용은 이에 굴하지 않고 끝내 살아남아 이어지는 '도민의 정신'을 맞세우고 있는 것이다.

「탐라순력도 1」에 등장하는 『탐라순력도』의 그림들은 세 가지 부류로 나눌 수 있다. ㉠ 관리들의 여유로운 모습, ㉡ 진상에 시달리는 제주인의 실태, ㉢ 군역에 시달리는 제주인의 상황이다. ㉡과 ㉢은 중앙정부가 제주도에 출륙금지령을 공포하였던 이유와 관련이 있다. 시인은 과도한 진상이 야기하는 고된 노동을 부각시키기 위하여 ㉠ 〈귤림풍악〉과 ㉡ 〈감귤봉진〉을 나란히 병치한다. "귤림풍악橘林風樂은 있어도 감귤봉진柑橘封進 하느라/ 귤을 먹어 본 제주 사람은 드물다 하네" 〈귤림풍악〉은 귤림에서 풍악을 울리며 여유를 즐기는 광경을 담고 있으며, 〈감귤봉진〉은 진상 감귤을 포장하는 작업을 그리고 있다. 시인은 〈감귤봉진〉 하단에 적힌 귤의 종류와 각각의 개수를 근거로 "과실이 열리면 개수까지 파악하는 관원들/ 감, 유, 금귤, 왜귤, 병귤, 소금귤, 석금귤, 선귤/ 소감자, 당귤, 소귤, 청귤, 동정귤, 대귤, 하귤, 소유자"라고 지적하기도 하였다.[8]

㉠ 부류에는 〈귤림풍악〉 이외에도 〈성산관일城山觀日〉, 즉 성산일출봉에서 해 뜨는 광경을 바라보는 그림과 〈김녕관굴金寧觀窟〉, 횃불을 들고 김녕의 사굴蛇窟 혹은 만장굴에 들어가 구경하는 그림이 있다. 한경용은 〈김녕관굴〉의 굴을 사굴로 파악하여 "제물로 바쳐진 비바리 전설"을 결부시키고 있다.[9] ㉡ 부류에 해당하는 그림에는 성판악 남쪽 목장에서 말의 수를 확인하는 모습을 그린 〈산장구마山

8. 귤나무에 열매가 맺히면 관에서 나와 열매 숫자를 세었고, 수확할 때 귤의 수가 기록된 수와 일치하지 않았을 경우, 해충·바람에 떨어진 귤까지 나무 주인에게 책임을 추궁하여 배상토록 하였다. 그로 인해 민가에서는 귤나무가 고통을 준다 하여 귤나무를 고사시키는 경우가 허다하였다.

9. 1515년(중종 10년) 제주 판관으로 부임한 서련은 김녕굴에서 해마다 뱀에게 술과 음식을 차려 올리면서 15세 처녀를 바치고 있다는 말을 들었다. 이에 서련은 군사를 이끌고 가서 뱀을 척살하였다. 제주 전설에서는 서련이 제주성으로 돌아갈 때 분노하는 뱀의 영혼이 뒤따랐으며, 성에 도착한 서련은 시름시름 앓다가 며칠 뒤 죽었다고 한다.

場駒馬〉, 우도에서 말의 수를 세고 상태를 점검하는 풍경의 〈우도점마牛島點馬〉, 말의 진상 준비 과정을 그린 〈공마봉진貢馬封進〉, 산짐승 · 날짐승을 사냥하는 광경이 담긴 〈교래대렵橋來大獵〉이 해당한다. 여기서 말과 관련된 그림이 많은 까닭은 제주도에 대한 중앙정부 정책의 초점이 "목민에 뜻이 없고 목마에만" 맞춰졌기 때문이다. ⓒ 군사를 조련하고 말과 군기고 따위를 점검하는 장면이 담긴 〈화북성조禾北城操〉, 〈별방조점別防操點〉, 〈조천조점朝天操點〉, 〈제주조점濟州操點〉은 군사 활동과 관련되는바, 시인은 여기서 "아이부터 노인까지 남정네와 여정네로 부여된 군역"을 읽어 내고 있다.

이렇게 「탐라순력도 1」을 살펴보면, 중앙정부가 요구하는 바를 제주 땅에 충실하게 구현하고 있음을 증명하기 위하여 이형상 목사는 『탐라순력도』를 제작하였고, 한경용은 이러한 『탐라순력도』의 세계관을 전복하여 제주 민중의 고된 노역을 부각시키고자 나섰음을 확인할 수 있다. 「탐라순력도 2」 또한 같은 방식으로 창작되었다.

### 3-3. 여성의 섬, 제주도

출륙금지령이 유지되는 동안 제주 민중은 궁핍한 생활을 연명하였다. 말 · 귤 · 해산물 · 고기 등 진상해야 할 공물의 양은 감당할 수 없을 지경이었으며, 군역 의무 또한 버거웠기 때문이다. 더군다나 해변 마을 남성들은 진상하는 공선公船의 선원으로 차출되기 일쑤였고, 남편이 사망한 경우도 흔했으니, 바닷가 여성들은 이중 노동, 그러니까 땅 위의 밭과 바닷속의 밭까지 일구어야 했다.[10] 잠녀潛女가 생겨났다는 것이다. "이 섬 사람들은 현재 있는 곳이 아닌 다른 곳이라면/ 어디든 좋을 것처럼 생각"하였고, 특히 "바당의 잠녀들은 숨비소리로 불평을" 늘어놓을 수밖에 없었던 것이다(「우리는 곤밥에 고기를 맘껏 먹을 수 있을까」). "모두 진상하고 나니 섬은 빈궁의 시대"가 끝간 데 없이 이어졌고, 출륙금지령을 어기고 "어부로 가장하여 기근의 섬을" 탈출하는 사람들도 속출하였다(「양식을 위하여 노을을 잡네」).

한경용은 출륙금지령 시기 곤란을 겪었던 제주인들 가운데 특히 여성의 처지에 주목하고 있다. 「소가 되지 못하여 말이 된 제주 여인들」을 보면, 지아비는 "그늘 아래 하얀 얼굴로/ 현학의 책을 들여다보고" 있다가 아내가 물질 나가면 아기들을 돌본다. 또한 아내가 잡은 "전복과 소라" 따위를 그저 "안줏거리"로 여길 뿐 아내의 고역에는 관심

10. "파도가 흉포하기 때문에 공물 실은 배와 장삿배가 끊임없이 표류하고 침몰하는 것이 열에 대여섯은 됩니다. 제주 사람은 앞서 가다 죽지 않으면 반드시 뒤에 가다 죽습니다. 그러므로 제주에는 남자 무덤은 매우 드물고 여염에는 여자가 남자의 세 곱은 됩니다. 다들 딸을 낳으면 반드시 '아, 내게 효도할 애로군!' 하고, 아들을 낳으면 '이건 내 자식이 아니고 고기밥이야!' 합니다."(최부, 김찬순 옮김, 『표해록, 조선 선비 중국을 표류하다』, 보리, 2006, 53쪽.)

이 없다. 고기와 과일이 "흘러나온다고" 믿는다든가, 공부한 아들이 급제하면 "도성에서 살 생각"을 하는 것으로 보건대, 이는 귀양 왔다가 제주도에 그대로 눌러앉게 된 향반鄕班의 경우로 판단된다. 진상과 군역에 시달렸던 일반적인 제주 남성으로서는 그러한 여유를 누릴 수 없었고, 그들에게는 과거에 응시할 자격조차 제대로 주어지지 않았기 때문이다.[11] 입신양명의 꿈을 놓치지 못했던 향반에게 조선 전기 고득종은 최고의 성공 모델이었다.[12] 제주도의 평등한 빈곤 가운데서 향반 가문의 여인이 우영밭(텃밭) 일을 했던 바는 알려져 있으나, 농업 노동을 넘어서서 잠녀 역할까지 수행하여야 했다는 사실은 특이하게 다가온다.

한편 「제주의 바람은 등 굽은 여자를 재촉한다」에서 시인은 '설문대할망' 설화를 등장시켜 제주도가 여성의 섬임을 환기시키고 있다. "흙을 부지런히 날라다" 부어 제주도를 만들었고, "섬 한가운데에 은하수를 만질 수 있을 만큼 높은 산"을 쌓아 올렸으며, 산의 "봉우리를 툭 꺾어 바닷가로 던져" 산방산을 만든 설화 속 인물이 설문대할망이

11. 멀리 떨어져 있다는 이유를 들어 제주에서 실시되는 과거科擧도 드물게 실시되었다. 한경용은 「날개를 자른 제비처럼」에서 이를 "비할 데 없는 수륙만리 과거 응시 제한"이라고 표현하고 있다.

12. 한성부 판윤(현 서울시장)을 지낸 고득종은 제주 출신으로서 조선시대에 최고 관직에 오른 인물이다(「한양의 처남 고득종에게」 참조). 태종·세종 시기 중앙정부는 제주도 민심을 무마하는 차원에서 고득종을 재경벌족在京閥族으로 활용하였던 것으로 판단된다.

다.[13] 그와 같은 설화를 마치 현실로 끌어오려는 것처럼, 제주도 청주 한씨 집안으로 시집을 온 이성異姓의 여인들은 시어머니와 며느리의 관계로 계보를 이어 나가고 있다. "동래 정씨 할머니"에게서 "신천 강씨 할머니", "밀양 박씨 할머니", "진주 강씨 어머니", "제주 양씨 아내"로 이어지는 줄기가 이를 드러낸다. 한천의 입도를 시발점 삼아 『귤림』을 풀어 나가되, 면면이 흐르고 있는 모계 문화의 면모를 부계 혈통 중심의 관점과 동등하게 배치하려는 시인의 의도는 이와 같은 대목에서 확인할 수 있다.

제주의 전통문화와 관련하여 「씨드림」「지드림」 등도 주목할 만하다. 두 편의 시는 영등굿과 관련이 있다.[14] 척박한 제주 환경에 적응하여 살아남기 위하여 제주인들은 자연물은 물론 자연 변화에까지 신성을 부여하였던바, 영등굿은 영등할망을 내세워서 치르는 새봄 맞이 의례에 해당한다. 영등굿이 겨울에서 봄으로의 이행을 상징하는 의례

13. 산방산 형성에 관하여 보다 널리 알려진 설화 내용은 다음과 같다. 한라산에서 사슴을 쫓던 사냥꾼이 화살을 날렸는데, 화살이 하필 옥황상제의 궁둥이에 맞고 말았다. 화가 난 옥황상제가 한라산 봉우리를 뽑아 집어던졌고, 이는 안덕면으로 날아가 현재의 산방산이 되었다.

14. '강남천자국'에 사는 '영등할망'은 매년 2월 초하루 제주도에 찾아와서 15일 본국으로 돌아간다. 그사이 섬을 돌면서 바다에 우뭇가사리·미역·전복·소라 등의 씨를 뿌려 번식시켜 준다. 해안가 마을에서는 '영등환영제', '영등송별제' 등을 진행하였다. '씨드림'은 영등굿을 할 때 농업과 어업의 풍년을 기원하며 좁쌀로 점을 치는 의례이며, '지드림'은 새해 처음 물질을 나가면서 쌀을 한지에 싸서 바다에 던지는 풍습이다.

라는 사실에 착안한 듯 한경용은 영등굿을 제주인 특유의 생사관生死觀과 결부시켜 펼쳐 내었다. 「지드림」에서 삼신할망이 점지하여 태어나서 삼신할망의 보살핌으로 15세까지 살아남는다는 제주인들의 믿음을 "삼신할망이 바래다주어서 태어났다는데"라고 나타낸 뒤, 부엌을 관장하는 신 "조왕님이 먹여 주어 살아왔다는데"라고 진술하는 한편, 영등할망을 모시는 「씨드림」에서는 새삼 바다에서 벌어졌던 죽음을 떠올리는 것이다. "어부 아방이 이 바당에 나갔다가/ 잠녀 어멍이 저 바당에 갔다가/ 다 죽어서들 온 날 어이어이/ 올레에서 치른 상/ 상주의 지팡이 지나치게 나약해/ 키여키여 넋들이자". 삼신할망과 조왕할망의 유래는 각각 제주 무가巫歌의 '삼신할망본풀이'와 '문전본풀이'에 전하며, 정신적 충격을 받았을 때 넋들임하는 풍속은 1980년대까지는 흔히 볼 수 있었다.

## 4. 죽음으로써 삶의 근거를 확보하였던 장두들

출륙금지령으로 생긴 제주의 유별난 문화 가운데 하나로 장두狀頭를 빠뜨릴 수 없다. 제주인들은 한반도로 들어갈 수 없었으니 어떠한 억울한 일을 당하더라도 중앙정부에 호소할 길이 없었다. 이를 이용한 경래관京來官과 아전 일당의 가렴주구가 줄곧 이어졌고, 이러한 폭정에 저항하면서 출현한 존재가 장두다. 장두란 제주인들의 처지를 중앙정부에 호소하기 위하여 작성한 소장訴狀 가장 앞에 이름 올린 이를 말한다. 중앙정부에 소장 내용을 알리기 위하여 장두는 민란을 동반하는 방편을 취하였다. 그래야 중앙정부가 비로소 제주를 들여다보았기 때문이다. 민란이 성공했을 경우 중앙정부는 소장의 요구 사항을 받아들이되 장두의 목숨을 거둬 갔다. 왕이 임명한 관리를 감히 한반도로 쫓아낸 데 대한 응징이었다. 민란이 실패했을 경우에는 장두는 지방 권력에 의해 효수되고 말았다. 장두 역할을 자임하는 죽을 수밖에 없는 운명에 처해졌던 것이다.

『귤림』에서 장두가 등장하는 시편으로 「양제해 처 하르방전」 「귤림의 꽃들은 누굴 위해 피었나」 「헛웃음을 짓는 제주의 형제들이여」 「우리 영혼에 불을 질렀다」를 꼽을 수 있다. 이들은 각각 양제해, 강제검, 방성칠, 이재수와 관련을 맺는다. 먼저 양제해의 경우를 보면, 한국사에서 그는 탐라 독립을 실현하기 위하여 모반을 일으킨 인물이라고 규정되어 왔다. 한경용은 「양제해 처 하르방전」에서 양제해의 영혼이 빙의하여 1813년 사건을 따져 묻고 있다. "제주 · 정의旌義 · 대정大靜 등 3읍에서/ 일제히 봉기하기로 하였나/ 제주 목사와 판관 현감들의 폭정을 결박하고/ 모든 관아를 장악한 다음/ 내륙 지방과의 교통을 일체 차단하였나/ 제주인의, 제주인에 의한, 제주인을 위한 자치체제를 확립하려고 했나". 이는 제주목사 김수기가 중앙정부에 올린 보고를 근거로 기록된 『조선왕조실록』의 내용에 대한 전복에 해당한다.

시인의 전복은 『탐라직방설耽羅職方說』을 배경으로 설득력을 확보할 수 있다. 『탐라직방설』은 다산의 제자 이강회가 흑산도로 유배 온 양제해의 사돈 김익강에게 들은 내용을 정리한 문건이다. 이에 따르면, 목사를 등에 업고 300여 명의 아전들이 '상찬계相贊契'를 조직하여 온갖 패악을 저질렀던바, 향감鄕監 · 찰방헌리察訪憲吏 등을 지낸 양제해는 그들의 횡포에 시달리는 백성의 편에 서서 중앙정부에 등장等狀하고자 하였다. 그런데 소장 작성이 상찬계 인물에게 밀고되었고, 상찬계 인물은 소장 작성을 모반으로 부풀려 목사에게 보고하였다. 그리하여 장두 양제해를 포함한 여덟 사람이 죽음으로 내몰렸고, 사건 진상은 왜곡된 채 2백여 년 전해지게 되었다.[15] 주지하다시피 억울한 상황을 호소하기 위하여 관청에 소장으로 청원하는 행위가 '등장'이다. 민란을 고려하지 않았다는 점에서 양제해의 사례는 독특하다고 하겠다.

양제해를 제외한 다른 장두들은 민란을 동반하고 있다. 그렇지만 이들도 다시 두 부류로 나눌 수 있다. 시인은 임술년(1862) 항쟁을 다룬 「귤림의 꽃들은 누굴 위해 피었나」에서 민란이 성공하였음을 다음과 같이 전하고 있다. "'민폐시정규칙'을 외치며 밤의 성내를 밝히며/ 이제는 동녘을 향해 걸어가자/ 조랑말 타고 달려 보는 성산 일출봉/ 함께

15. 이강회의 『耽羅職方說』(현행복 옮김, 도서출판 각, 2008) 참조.

꿈꾸던 날이라" 이재수가 나섰던 신축항쟁(1901) 또한 성공한 민란이었다. "제주성을 사이에 두고/ 천주교도들과 민군이 치열한 공방을 치르는 밤/ 성 안의 무당은 성문을 열어 주고/ 민중의 빛이 서린 칼날/ 천주교도들을 직접 처형하다"(「우리 영혼에 불을 질렀다」). 새로운 목사와 함께 입도한 찰리사察理使가 소장의 요구 사항을 수용한다는 윤지綸旨를 읊고나면 임술항쟁 · 신축항쟁 지도부는 민군의 해산을 명하였다. 1 · 2차 성공하였던 임술항쟁은 세 번째 봉기에서 실패하여 강제검, 김흥채는 효수되었고, 이재수는 왕이 임명한 경래관을 감히 제주 바깥으로 축출하였다는 죄명으로 서울로 압송되어 죽음에 처해졌다. 강제검 · 이재수 등은 장두의 운명에 따랐던 것이다.

강제검 · 이재수 등과는 달리 방성칠은 역모로까지 나아갔다. 본디 제주는 말의 수호를 상징하는 방성房星이 비치는 땅으로 얘기되어 왔는데, 민란에 성공한 방성칠은 방성의 '방房'을 방성房姓의 '방房'으로 해석하는 한편, 바다 위 섬에서 진인이 출현하여 도탄에 빠진 세상을 구원한다는 『정감록』의 '해도진인설海島眞人說'을 내세워서 중앙정부에 대항하였다. "남도 해안의 공영을 이루는 날"을 약속하며 "해도진인설海島眞人說로/ 후천개벽의 사회를 실현하자"라는 「헛웃음을 짓는 제주의 형제들이여」의 구절이 이를 표현하고 있다. 방성칠이 역모로 나아갔다는 사실과 관련하여, 그가 "전남 화순" 출신이며 "1894년 동학농민전쟁 실패 후 제주로 건너" 왔다는 주석 내용에 주목할 필요가 있다. 남학 교리에 입각한 방성칠 세력이 싱 장악 이후 역모로 나아가서 제주 민중들로부터 배척당하기에 이르렀던 까닭이 이로써 해명되기 때문이다.[16] 방성칠은 도일을 시도하다가 적객의 칼에 맞아 죽고 말았다.

## 5. 국가 환란과 제주인의 민족의식

시인은 「말해 보렴 헛곳간을 거부하노라」에서 "제주를 식민지로 하여 조정은 대한제국"이라고 이야기하고 있다. 대한제국에 이르러 분명하게 공표되었을 뿐, 앞서 살폈던 것처럼 조선 시대에도 제주는 내부 식민지인 양 취급받고 있었다. 그렇지만 한반도가 위험에 처하면 제주 섬은 한반도와 고난을 함께 겪어야 했던 점에서 공동 운명체였다. 1555년 일어났던 을묘왜변이 대표적인 사례인데, 「쓰름매미 몰려들듯」에 표현되었듯이 당시 일본은 탈일본의 시야를 갖추고 "동남아-중국-제주도-북규슈를 잇는" 영토를 구축하고자 제주 침략에 나섰다. 약탈 수준을 넘어 근거지 확보가 목적이었던 것이다. 1592년부터 1598년까지 벌어

16. 고려 시대 제주도는 여러 차례 역모를 일으켰으나, 번번이 실패하여 헛되이 목숨만 잃었을 따름이다. 그리하여 역적이 되기를 바라지 않는 한편, 어느 담대한 지도자가 출현하여 중앙정부에 제 억울함을 호소해 주기를 바라는 경향이 생겨났다. 이것이 '장두' 장치인데, 방성칠의 경우는 민란이 성공한 순간 역모라고 공표하였으므로 장두 자격을 상실한 것이다.

진 임진왜란은 을묘왜변에 변형을 가한 사건이었는바, 중국으로 나아갈 발판을 마련하고자 이번에는 한반도를 침략했던 경우라 하겠다. 임진왜란 당시 제주도는 "마을마다 소와 돼지를 공출하여 한려의 노량포로 보냈다 제주의 조천포와 명월포도 왜군의 침략에 대비하여 성을 높이 쌓는다"(「육지가 난리 나면 섬은 죽음을 준비한다」).

1589년(선조 22년) 한반도에서 일어났던 '정여립 모반 사건'은 1601년(선조 34년) 제주에서 벌어진 '길운절 · 소덕유 모반 사건'으로 이어졌다. 정여립의 첩과 사촌이었던 소덕유는 길운절과 함께 입도하여 제주에서 역모를 꾸몄던 것이다. 시인은 "그런 지역은 반역향이 되어 차별받는데" 선조는 안무어사安撫御使를 파견하여 "말도 키우고 해산물도 풍부하니/ 진상을 받으려면 그대로 놔두어라" 명하였다고 전하고 있다(「뭍에서 온 모반자 소덕유, 길운절」).

조선이 외세에 침탈당하기 시작할 때도 제주는 커다란 곤란을 겪을 수밖에 없었다. 그에 따라 항쟁도 이어졌다. 1883년 '한일통상장정'이 체결된 이후 일본 어민의 제주 어장 침탈은 급격히 증대하였고, 이들은 주민 살상 · 부녀자 겁탈 · 재물 약탈까지 저질렀던바, 분쟁 해결을 위하여 1891년 중앙정부에서 순심관巡審官 이전李琠이 파견되자, 무능한 정부에 분노한 도민들이 봉기하여 "중앙에서 내려온 관료들을 배에 실어" 내쫓은 사건은 한 가지 사례가 된다(「말해 보렴 헛곳간을 거부하노라」). 일본 제국에 대한 제주인들의 투쟁도 만만치 않았으니, 시인은 1918년 10월 일어난 '법정사 항일운동'을 두고 "우리 제주 사람이 일으킨/ 전국 최대 규모의 종교계 무장 항일운동"이라고 소개하는가 하면(「최초의 항일운동은 제주에서 일어나수다」), 1919년 한반도의 3 · 1 운동과 연계하여 제주에서도 '조천 만세운동'이 있었음을 「피가 끓는 동산은 붉게 타오른다」로써 알리고 있으며, 1932년 '해녀항일운동'은 「잠녀들의 세기전」에서 다루었다.

4 · 3을 겪은 제주인들이 6 · 25에 어떻게 관련하는가는 「그 섬은 지금 여기에 있다」에서 드러난다. 자신과 가족이 빨갱이가 아니라고 증명하기 위한 가장 확실한 방법은 해병대 입대였던바, 그렇게 군인이 된 제주인들은 인천 상륙 작전의 진두에 서서 임무를 수행하였다. 이를 시인은 "눈 덮인 한라산을 돌다/ 움푹 빠진 4 · 3 구덩이/ 어멍의 섬은 여기에 있다/ 해병 4기로 자원한 학도병 소년/ 인천 상륙 작전 참호 속에 그린/ 아방의 섬은 여기에 있다"라고 표현하고 있다. 「육지가 난리 나면 섬은 죽음을 준비한다」라는 시의 제목처럼, 국가가 직면한 위기는 제주도의 비극으로 이어졌던 것이다.

## 6. 대립 구조를 해체하며 이어지는 민중의 생명력

제4부의 시편들은 한경용 자신의 육성으로 전개되고 있

다. 해방 이후 사건 및 자신의 기억을 다루고 있으니 굳이 조상의 육성을 걸칠 필요가 없어졌기 때문이다. 이에 따라 제주사를 전체적으로 조망하는 시인의 관점이 제4부의 시편에서 드러나는데, 「하얀 족속 2」와 「하얀 족속 4」가 대표적이다. 이들 시편을 보건대, 『귤림』은 청주 한씨의 입도 이후 제주의 역사를 대상으로 삼은 시집이지만, 시인이 제주도의 정체성을 폐쇄적으로 설정하려는 것은 아닌 듯하다. 「하얀 족속 2」를 보자.

제주의 종족은 반항하기 위해서만 일어섰다
어른들은 긴긴밤 삼별초나
목호牧胡의 난亂을 전설처럼 항상 들려주셨다
삼별초군이나 고려 관군이나 몽고군이나 모두 육지 것들
무장군이나 토벌군이나 다 육지 것들
일본 놈이나 중국 놈이나 미국 놈이나 노국 놈들 사람 죽이는 덴
모두 똑같은 것들
잘두 잘두 죽여라 징글징글 징그럽다 오싹오싹 모수워라

19세기 태어나신 할망은
할머니의 할머니가 들려주던
옛이야기를 하신다
탐라에 정씨 여자가 있었는데
미모가 뛰어나 목호牧胡 석아보리개와 결혼했었는데

그녀의 남편은 목호牧胡의 난에
최영 장군에게 죽고
정씨는 제주 최초의 열녀비로 서귀포 한남리에 세워졌다네

또한 20세기 초 태어나신 외할망은
외할머니의 아버지가 들려주던
이재수의 난을 말하신다
관리를 처형했던 성세기 해변
당당하고 젊은 장두여! 조금 얽었어도 잘생겼지
봉세관과 결탁하여 백성들을 괴롭히는 외세의 세력아 물러가라
제주의 유생들과 토호들이 천주교 세력에 저항하던 날
할망은 숨물 한번 '애기구덕' 한번

몽고에 항쟁하던 삼별초의 밤
목호의 각시들도 몽고 혼혈 아이들도
몰테우리도 아지방네 아지망네 제주 사람이라
육지 것들 욕허당도 영도 정도 못 하여
할망은 '물허벅' 지영 절구질만 쿵더쿵

—「하얀 족속 2」 전문

구술을 통한 기억의 전승이 퍽 구수하다. 여기 등장하는 '목호의 난' 진압은 1374년(공민왕 23년) 2만 5천의 군사

를 이끌고 제주도에 들어온 최영이 한 달 동안 몽고 세력을 토벌했던 사건을 이른다. 당시 몽고인뿐만 아니라 제주인들까지 무참하게 살육당했으니, 전쟁 목격담을 들은 하담은 "칼과 방패가 바다를 뒤덮고 간과 뇌는 땅을 가렸으니 말하면 목이 메인다"라는 기록을 남기고 있다. 이러한 사실을 염두에 둔다면, 학살자라는 측면에서 한반도의 중앙 권력은 일 · 중 · 미 · 러와 다를 바 없다. 그래서 1연과 같은 진술이 가능해지는 것인데, 기실 제주와 제주 아닌 것의 경계는 그리 뚜렷하게 단정하기가 곤란하다. 시인은 주석을 통하여 "애기구덕과 물허벅은 몽고의 영향", 목자牧子를 가리키는 제주어 '몰 테우리'의 "테우리는 몽고어의 영향"이라고 밝혀 놓고 있으며, '정씨 여자'와 '석아보리개'의 혼인으로 피의 섞임을 환기시키는 데서도 이를 확인할 수 있다. 신축항쟁 당시 "제주의 유생들과 토호들이 천주교 세력에 저항하던 날" 제주 사람인 할망은 조마조마 가슴을 졸이는데, 그 까닭은 자신이 천주교인이기 때문이다. 그렇다면 '제주 vs 타지'라는 완강한 경계를 시인은 허물고 있는 셈이 아닌가.

「하얀 족속 4」에서도 시인은 여러 경계를 허물어뜨리고 있다. 묘비에 "박 카타리나"라고 이름이 새겨진 시인의 할머니와 일본에서 돌아온 샛아버지 또한 천주교인이다. 그렇지만 시인은 "조상 제사와 벌초, 유림의 포제만을 기다리니" 유림의 전통에 따르고 있다. 물론 이는 신축항쟁 당시 유림과 천주교의 대립을 전제로 하는 진술이다. 즉 두

가지 피를 모두 이어받은 자신을 내세워서 대립 구조의 해체를 의도하는 것이다. 그러면서 강조하는 것은 '아비'와 '어미'로 상징되는 제주인의 강인한 생명력이다. "아방, 소년병에서 살아나고 어멍, 4 · 3에서 살아나다"(「가난한 꿈이 이뤄지기를 기다렸다」) 한경용은 아마도 그와 같은 제주인의 강인한 생명력을 확인하기 위하여 『귤림』을 써 내려가리라 결심하였을 것이다. 그리하여 지금 이렇게 우리 앞에는 제주 민중의 관점에서 제주 역사를 웅숭깊게 끌어안은 한 권의 시집이 펼쳐지게 되었다.